左がきかない「左翼記者」

朝日新聞元論説副主幹のパーキンソン闘病記

恵村順一郎

はじめに

60歳。つくづく微妙な年齢である。

高齢者と言うには若い。だが若いとはとても言えない。

いわゆる還暦。ちょっと前なら定年。

サラリーマンなら多くが退社した。だが今は年金が65歳まで満額で支給されない。働き続けるのが普通になった。

僕のように、還暦をひとつのきっかけに会社勤めを辞め、「第二の人生」へと踏み出す人もいるだろう。

そろそろ身体が心配になる時期でもある。

健康を謳歌できる人は幸せだ。しかし、これまで息災で来た人でも、年齢を重ねるほどさまざまな不調を感じ、病気を抱える人もいる。

僕もそのひとり。55歳の時に、厚生労働省が300以上指定している難病のひとつ、パーキンソン病と診断され、2021年5月、60歳で朝日新聞社の希望退職に応じた。


パーキンソン病って、何だろう?

手足が震える、身体のバランスがとれなくなる、不眠やうつ、立ちくらみといった症状が表れる脳神経の障害だ。何が苦しいと感じるかは患者ごとに異なる。症状はゆっくりと進む。かつては発症後7~8年で死亡か寝たきりと言われた時代もあった。

現在の医学では進行を止められないが、薬物治療の進歩によって、適切な治療を受ければ10~15年、場合によってはそれ以上、自立した生活が送れるようになってきた。高齢になるほど発症率や有病率は上がり、60歳以上では100人に約1人がかかるとされる。決して珍しくはない、むしろポピュラーな病気である。これからますます進む高齢化に伴い、患者数はさらに増えていくと予想されている。

以下は、現役の新聞記者だった僕がパーキンソン病になり、妻の俊美をはじめ家族とともに何を考え、どう行動したか――。その記録である。

目次

第0章「異変前夜」
37年間、僕はひたすら走り続けた

「原稿より健康」か、「健康より原稿」か――。

記者仲間で冗談のように言い交わされる言葉だ。ふつうなら迷うことなく「原稿より健康」だろう。だが、新聞記者の世界では、そこが逆立ちしていた。

僕自身、振り返れば朝日新聞記者だった37年間、どちらかというと「健康より原稿」で走り続けてきたように思う。

鋭い日差しが朝の浪速の街を焦がしていた。1987年8月、僕は3年4カ月を過ごした初任地・鳥取支局（当時、現在は鳥取総局）から大阪本社社会部へ異動した。

初日、朝一番で社に上がった僕に、新人社会部員の教育役であるサブデスクが告げた。

「高知の海岸に雷が落ち、サーフィン中の若者が大勢死傷している。すぐ行ってくれ」

着任のあいさつもする間がなかった。

本社屋上のヘリポートからヘリで飛び立ち、現場の浜に降り立った。巻き上げられた砂が頭上から降って来た。

まだ携帯電話は持たされていない時代。事件・事故の現場では通信手段、つまり電話を確保することが最優先だった。

「すいません。この電話貸して！」。そう叫びながら海の家に飛び込み、赤電話を借り切り、本社に電話した。

いまかいまかと待っていたのだろう、「アホか！　締め切り時間を知らんのか！」とサブデスクの怒声が響く。

夕刊のない鳥取から着任した僕が夕刊の締め切り時間など知るはずがない、と思いつつ、「いま着いたばかりです」と答えるしかなかった。

「とにかく見たままを全部送れ！」とまた怒声が降って来た。

朝日新聞では支局２カ所を回ってから本社に配属されるのが通例だ。僕のように１カ所で、というのは異例だ。このため僕はずいぶん長い間、最年少の社会部員だった。事件や事故が起きると真っ先に現場に駆り出された。休みでも夜でも容赦なくポケベルが鳴った。

担当したのは天王寺方面の警察《サツ》回りから始まって、関西国際空港の埋め立て工事が大詰めの岸和田通信局、「山口組vs一和会」の暴力団抗争たけなわの大阪府警捜査4課、大阪府庁・労農（労働）記者クラブと、串カツソースのような「ディープ大阪」のコッテリ味の持ち場ばかり。

そして93年4月、今度は東京本社政治部へ。これもまた異例の人事だった。

政治部は当時、同期は4人しか採らないのが通例だった。いったん政治部に上がると基本的にずっと政治部、逆に言えば別の部から途中で移って来る記者はほとんどいなかった。

ところが92年10月、東京佐川急便事件に絡み、金丸信・元自民党副総裁が議員辞職した際、記者会見をせず番記者の懇談で済ませたことに世論の批判が集中する。これを受け、「政治部にも違う血を入れる必要がある」ということになり、送り込まれたひとりが僕だったと説明された。

僕が宮澤喜一総理番に着任したのは、細川護熙《もりひろ》連立政権樹立につながった歴史的な政権交代のまさに前夜。議員たちは連日、真夜中まで蠢《うごめ》き、僕たち記者の取材も未明まで続いた。

夜が白々と明けるころ帰宅すると、すでに朝刊が届き、朝回りのハイヤーが迎えに来ていたことが幾度もあった。

着任間もない93年5月4日、カンボジアで国連平和維持活動（ＰＫＯ）に当たっていた文民警察官・高田晴行警部補が武装集団に襲われ、死亡する事件が起きた。

同僚たちの取材力には目を見開いた。

首相官邸で会議に入りっぱなしの政府首脳にメモを差し入れ、政府方針をいち早くキャッチする記者。執務室にこもったままの首相側近から電話で情報をとる記者。ともに僕より入社年次が若い記者だった。そして情報を集約し、手早く原稿にとりまとめていく記者も……。

その時の僕はと言えば、官邸と道路をはさんだ総理府庁舎にあったＰＫＯ事務局の前に立ち尽くし、出入りする幹部に一言二言質問をぶつけるのが関の山だった。異動して来たばかりで人間関係のない僕には、「調査中です」くらいしか答えが返ってこないのは当然だった。役に立たない自分を恥じながら、「これじゃあ、みんなに追いつくのは大変だぞ」と僕は思った。「大阪に帰りたい」と正直、思った。

政治部の一線記者時代は週末もなかなか休めなかった。平日にサシ（一対一）で会えない幹部をつかまえようと追いかけたり、担当の政治家のテレビ出演に付き合ってＮＨＫや民放各局をハシゴしたり、地方遊説に同行したり。あまりに休めないので、「担当政治家の夜の懇談がない水曜日は早帰りする」と宣言。何度か実行したが、周囲に白い目で見られ、長続きしなかった。

連立与党、官邸、自民党の各記者クラブを経て週刊誌「AERA」へ。さらに野党、官邸各記者クラブのサブキャップ、次いで遊軍（連載企画担当）、自民党、外務省各記者クラブのキャップのあと、名古屋本社社会部のデスク、政治部の官邸長（官邸担当デスク）を務め、論説委員へ。単身赴任を2年半した前橋総局長のあと「報道ステーション」のコメンテーター、次いで論説副主幹、朝日新聞記者として最後の仕事となった夕刊1面コラム「素粒子」筆者へ――。

社会部と政治部。新聞と雑誌、テレビ。取材記者とデスク、論説委員、コラム筆者。いくつもの現場を行き来しながら、僕は走り続けてきた。

激務のなかで、多くの同僚や他社の記者たちが病に倒れていった。同年配で、同じ部・同じ記者クラブに所属した2人の同僚が脳出血と白血病で相次いで亡くなった時はつらかった。

しかし当時は、やがて僕自身が難病に襲われるとは夢にも思わなかった。

鳥取支局時代

第1章「発症」
最初に違和感を覚えたのは左足　53歳の時だった

なんか変だな。

僕の場合、はじめにそう感じたのは左足だった。

歩いたり、走ったりすると左足がだんだん膨らみ、「詰まった感じ」がする。野外でも、室内でランニングマシンを使っても同じような違和感を覚えた。靴をワンサイズ大きなものに買い替えても、「変な感じ」は収まらなかった。

好きだったジョギングが苦痛になった。

53歳ごろのことだ。


次に自覚したのは左腕に力が入らないことだった。

「恵村さん、左が上がっていませんよ」

金曜日の人の少ないスポーツクラブで、インストラクターが声をかけてきた。両肩の上にかざしたダンベルをまっすぐ押し上げ、肩の筋肉を鍛える運動をしていた時だ。

「ほら」と彼が指さした鏡をのぞく。なるほど左側が上がっていない。ベンチプレスをやってみた。やはりバーベルが左下がりに傾いてしまう。

「疲れかな」と僕は思った。でも、それだけではなさそうだった。

当時、僕は朝日新聞論説委員として、テレビ朝日系午後10時台の報道番組「報道ステーション」のレギュラーコメンテーターを務めていた。

出演は月曜日から木曜日まで。日中からニュースに耳をそばだて、夕方までにコメント案を用意。築地の朝日新聞社から六本木のテレビ朝日に移動し、生放送に臨む。そんな日々を送っていた。

僕がコメンテーターを務めたのは２０１３年4月から2年間。２０１２年の終わりごろだったと思う。「報ステ」プロデューサー3人が会いたいと言ってきた。

何事かと思えば、レギュラーコメンテーターとは別のコメンテーターが週替わりで出演する金曜日に「一度出演してほしい」というのだ。「一生の記念になるかも」と思って応じたところ、それが次のレギュラーコメンテーターを選ぶカメラテストだったらしい。

朝日新聞から僕を含む数人が一度ずつ出演したなかから、なぜか僕に白羽の矢が立った。後に聞くと「白か黒か聞かれるとグレーと答える人が多いなかで、白か黒かを選ぶ人だったから」という答えが返ってきた。

僕がコメントを求められるニュースは、新しいニュースが飛び込むたびに容赦なく変わっていった。手あかのついたニュースより、ピチピチ跳ねる魚のような鮮度の良いニュースを報じたい――。報道番組としては、当然の判断だろう。

僕の専門は国内政治。専門外のニュースについては、夕方までは新聞社の同僚に教えを請える。けれどテレビ局に入った後は孤立無援だ(「聞くは一時の恥、聞かぬは一生の恥」の精神で本当に多くの方々にお世話になりました。ありがとうございました)。

時間と競争するように、十分な知識のない分野のニュースについて情報をかき集め、新しいコメントを大急ぎで書きながら「本番」になだれ込む。それは僕にとって相当に緊張感に満ちた日々だった。

地味な新聞社と派手なテレビ局の「文化の違い」も強く感じた。スタジオのまばゆいライト、やり直しのきかない生放送の緊張感、「売国奴」「鬼畜」など口を極めて罵《ののし》るようなネットバッシング、毎日深夜に及ぶ反省会、局中に張り出される前日の視聴率……。

さらに、テレビを通じて一気に顔と名前が知られるようになったことへの戸惑いも、なかなか消えなかった。道を歩いていて、名刺を渡される。「頑張ってください」と声をかけられる。すれ違った人に驚いたように顔をじっと見詰められる……。トラブルを起こし、番組に迷惑をかけてはならない。そう思い、混雑している駅の階段などでは、人が少なくなるまで待って上り下りするようにした。

楽しみは、プレッシャーに追い立てられるような月曜から木曜までの4日間に耐えれば、金曜から日曜まで基本的に自由に時間を使えることだ。

金曜日の午後や夜は面会や会食に出掛けるとしても、それまではガランとしたスポーツクラブで汗を流すことができるのだ。

それは、当時の僕には欠かせぬ気分転換であり、記事を書くのが仕事の新聞記者が、テレビに顔をさらして意見を述べることと引き換えの「役得」でもあった。

古舘伊知郎《ふるたちいちろう》メーンキャスター（MC）には、テレビの世界ではまったくの素人の僕を気遣っていただいた。

月に1回程度、番組後に局に近い居酒屋に招いていただき、いろんな話を聞かせてくださった。生い立ちや大学時代のエピソード、アナウンサーになった経緯、プロレスやカーレースの中継での裏話、フリーの道を選び、「報ステ」に挑戦した時の決意……。

決まってその週の僕の出演が終わる木曜日、全スタッフによる反省会を終えた午前零時から3時までだった。

翌金曜日、僕は寝たいだけ寝られた。しかし、古舘さんはその日も出演がある。

古舘さんは前夜の番組に対して寄せられた視聴者の声を、良いものも悪いものもすべてまとめた「オピレコ」というメモに毎日すべて目を通していた。それを踏まえて、朝から新聞各紙やテレビニュース、ネットの速報に目を光らせ、プロデューサーに矢継ぎ早に取材の指示を出すのが日課だった。

「報道は素人なので……」と口癖のように言う古舘さんだが、自らが1本のアンテナのように日々神経をとがらせ、ニュースを追っていた姿は忘れられない。

古舘さんがMCに就任して10年目の夜、番組終了後にお祝いがあった。といっても、小さなくす玉を割ると、「祝10周年」という垂れ幕が下がる、というだけのささやかなセレモニーである。

マイクを渡された古舘さんのあいさつは「10年間、ありがとうございました。あしたは10年と1日目です。どうぞよろしくお願いします」と素っ気なかった。

過ぎ去った10年間より、次の1日――。視聴者にお伝えしなければならないニュースは何か。お伝えしたいニュースは何か。それをどうお伝えするか。そのことで頭がいっぱいだったのだろう。

日本を代表する報道番組であり、それだけに視聴者の厳しい批判にさらされ、他局の報道番組との競争にも勝ち抜かねばならない。MCの責任の重さと孤独を感じた瞬間だった。

僕が「報ステ」に出演しはじめたのは、第2次安倍内閣の発足から約4か月後の2013年4月。2年間の出演期間を通して、安倍晋三首相はメディアに様々な圧力をかけ、「親安倍」「反安倍」の選別を進めた。

朝日新聞にとっては、重大な危機に立たされた時期に重なる。慰安婦にからむ過去の報道の検証記事を掲載し、「吉田証言」を虚偽として謝罪（２０１４年8月）、さらに東京電力福島第一原発事故をめぐる「吉田調書」問題、さらには池上彰氏のコラム掲載問題とあわせ、木村伊量《ただかず》社長（当時）の謝罪・辞意表明につながった（9月）。

9月11日、木村社長の謝罪・辞意表明の日には「報ステ」も特集を組んだ。僕も番組内で朝日新聞社を代表する形で視聴者におわびをした。

言うまでもなく僕はひとりの論説委員に過ぎない。社を代表する立場にはないが、その日、僕のコメントをどうするかで社内にはいろんな意見があった。

会議室に集まった編集幹部の間で「コメントはやめてほしい」「その日は休ませてもらえばいい」「別の有識者にコメントしてもらったらどうか」といった議論が真面目に交わされた。

僕はその非常識に失望し、あきれ返った。

「ふだん番組で他の企業の謝罪会見のたびに批判している僕が、自分の社の謝罪会見の日だけ休んだり、コメントを避けたりしたら、どうなります？　それこそ朝日新聞は逃げたと言われる。世間から見放されますよ」と言い、自ら出演しおわびをすると告げた。

その夜、僕はカメラに向かって、「吉田証言」に度重なる疑義が指摘されていたのに、検証を怠ってきた朝日新聞の姿勢などについて2度おわびした。番組の最後に、古舘キャスターに改めてコメントを求められ、次のように述べた。

「慰安婦の問題は消すことのできない歴史の事実だ。ここは政治の役割は非常に大事だ。日韓の政府がともにかたくなに譲歩を拒んでばかりいたのでは、両国民の感情はささくれ立つばかりだ。切っても切れない隣国である日韓が未来志向の関係を築くためにも、年老いた元慰安婦に救済の手を差し伸べるためにも、日韓の両政府がやらなければならないことはたくさんある」

番組後の反省会を終え、帰宅するまで、複数のテレ朝幹部が「良いコメントでした」と声をかけ、笑顔で見送ってくれた。僕は心からほっとした。

2015年が明けてすぐ、僕は「3月いっぱいで卒業してもらいます。2年間、お疲れさまでした」とテレ朝幹部に告げられた。2年間といえばひとつの区切りである。前任者も2

年で交代したこともあり、僕には自然な流れだと思えた。

忘れてはならない大事なことがある。「吉田証言」が消えても、慰安婦問題そのものが消えたわけではないということだ。日韓両政府が協力して乗り越えない限り、両国間に刺さったトゲであり続け、国際社会でも戦時における女性の人権問題として問われ続ける。

日韓の若者たちが互いの文化やファッションをリスペクトし、軽々と国境を越えて交流し合っている。それなのに、政治家や名のある文化人が偏狭なナショナリズムを乗り越えられないでいる。一衣帯水《いちいたいすい》、政治体制も価値観も近い隣国どうしである日本と韓国が足並みをそろえ、手を携えればどれほどの力を発揮できるだろう。僕はそれまでも「報ステ」で、慰安婦問題に限らず、日韓の融和を何度も呼び掛けていた。

現実に、その後間もない2015年12月、僕の提案通りに日韓両政府は互いに譲歩し合い、慰安婦問題の最終的で不可逆的な解決で合意した。第2次安倍政権のもとで、である。韓国政府が元慰安婦支援のため設立する団体に、日本政府が10億円を拠出し、両国が協力することを確認する——というものだ。

その後の紆余曲折は残念だが、日韓合意自体を僕は高く評価している。

僕のコメンテーター交代には、次のような背景もあったようだ。

朝日新聞出身者が歴代の社長を務めてきたテレ朝では2009年、初めて生え抜きの社長が誕生。朝日新聞の影響下にいるのを潔しとしない空気が広がっていた。

一方、朝日新聞社経営陣は新聞も発行部数減による経営悪化に歯止めをかけるべく、テレ朝を含む朝日グループの連携強化をめざしていた。つまり朝日新聞とテレ朝の距離感をめぐって、双方の思惑がぶつかった時期でもあった。

だとすれば、僕がどんなコメントをしていようが、それとは関係なくテレ朝の「朝日新聞離れ」、あるいは「朝日新聞切り」は進行していたであろう。僕のコメンテーター交代もその流れのひとつの表れなのかもしれない――。当時、朝日新聞とテレ朝双方の事情に通じた関係者から、僕はそう聞かされた。

実際、月曜日から木曜日までひとりで担うレギュラーコメンテーターの朝日新聞からの起用は、僕が最後になった（この件については第12章でも触れます）。

「報ステ」出演陣と

新聞社の仕事に戻った僕は3カ月後、論説副主幹に就いた。

主幹の下で、日々の社説を取りまとめる役回りだ。安倍政権が成立をめざす安全保障法制の国会審議は大詰めを迎えようとしていた。朝日新聞の社説は集団的自衛権の行使容認に踏み込もうとする政権を厳しく批判してきた。

大事な時期に社説の責任の一端を担うことになった。そう意気込む一方で、身体の違和感が次第に強まってきた。

「報ステ」出演中は抑え込まれていた不調が、一気に噴き出してきたように感じた。

異変は身体の左側に集中した。左手や左足が震える。初対面の人に会ったり、まとまった話をしたりしようとすると、震えはいっそう激しくなった。パソコンを左手で打つとミスタッチするようになり、右手だけで打つようになった。

ネットで「左翼記者」などとバッシングを受けていた僕は、同僚に「左がきかない左翼記者」などと下手な冗談を言った（朝日新聞がなぜ「左偏向」攻撃を受けるようになったか、それがどういう意味を持つかについては、第11章で改めて考察します）。

安保法制の国会審議が進むなか、僕たち政治部出身の論説委員は連日、法制に異議申し立てする社説をあの手この手で書き続けた。しかし民意を二分したまま、法制は２０１５年９月に成立した。新聞各社の社説は反対の「朝日・毎日・東京」と賛成の「読売・日経・産経」にくっきりと割れた。

そのころ、長男が勤務先から英国に留学していた。

結婚したばかりの長男夫婦が暮らすロンドンに、妻の俊美のたっての希望で２０１６年の正月休みを利用して２人で訪ねることになった。

僕と俊美にとって、ともに出掛ける初めての海外旅行だった。

半日近いエコノミークラスのフライトが僕の身体に負担をかけたのだろう、ホテルにスーツケースを運び込んだ途端、腰が悲鳴を上げた。かつて何度か経験したギックリ腰のような症状だった。

長男の留学先と住まい、絵画鑑賞が共通の趣味である僕たち夫婦憧れのナショナル・ギャラリーは訪ねることができた。その代わり、ミュージカル「レ・ミゼラブル」など、楽しみにしていた多くの予定を、僕は断念せざるを得なくなった。エスコート役を頼んだ長男夫婦と俊美が出掛けている間、僕はひとりホテルの部屋でこんこんと眠り続けた。

帰路はエコノミークラスの座席に耐えられる自信がなく、空港で追加料金を支払って、ビジネスクラスに変更手続きを取った。

ビジネスクラスは空席が目立ち、フライトは快適だった。

スパークリングワインのお代わりは、と客室乗務員に英語で聞かれた俊美は「もういいです」と日本語で断ったつもりだったが、お代わりが運ばれてきた。乗務員には「モア」と聞こえていたらしく、2人で大笑いした。

自宅に帰ってゆっくり休めば、体調はきっと元に戻る。この時はそう信じていた。

だが、そうはならなかった。

腰痛はつらさを増すばかりだった。椅子に長く座っていられない。デスクワークの際は、椅子を前後逆にし、背もたれを胸で抱えるようにして身体を支える不自然な格好でパソコンに向かった。腰を少しでも伸ばしたかったからだ。

心の余裕がなくなり、周囲とぶつかることが増えた（当時、僕の周囲にいらした方々、本当に申し訳ありませんでした）。夜眠れなくなり、疲労感が抜けなくなった。気持ちが追い詰められ、うつ状態になった。

食事やお茶をともにしながら、ゆっくり人と話すことができなくなった。同僚と昼食をともにすることも避けるようになった。孤立感がしだいに深まっていった。

２０１６年7月の参院選公示前には、日本記者クラブの企画委員として党首討論会で質問者を務めた。この時も、数時間座りっぱなしの事前の打ち合わせで疲れ果て、本番で深く切り込む質問はできなかった。企画委員は翌8月にパーキンソン病と診断を受けた後、2年先輩の坪井ゆづる論説委員に交代していただいた。

つらかったのは便秘だ。3〜4日便が出ないのが当たり前になった。参院選の投開票日、ついに会社で悪寒と吐き気に襲われた。日曜日だから会社の診療所は休みだ。市販の下剤を飲んだが、長く常用してきたせいか、いっこうに効かない。

他に選択肢は思いつかなかった。会社のトイレにこもり、指を肛門《こうもん》に突っ込んで、詰まっていた便をかき出した。コチコチに固まった便が後から後から出てきた（食事中の方、申し訳ありません）。

この日は、デスク席に座っているより、トイレの便座に座っている時間の方が、はるかに長かった。

翌朝、朝刊の社説を読み直して青くなった。後輩が力を込めて書いてくれた社説の1カ所に、誤記があったのだ。原稿をチェックした僕の責任である。

7月29日、元論説主幹で元主筆、若宮啓文《よしぶみ》さんを偲《しの》ぶ会が帝国ホテルで催された。若宮さんは、政治家に食い込めないダメ記者だった僕が週刊誌「ＡＥＲＡ」の記者だったころ（1996年9月～98年8月）の記事を「面白かった」と言い、論説委員なら向いているかもしれないと引き取ってくれた恩師である。

「ＡＥＲＡ」の記事とは、有力政治家にインタビューを試み、周辺取材や過去の言動もあわせ、その政治家の「いま」をストーリーとして描くシリーズである。

民主党の鳩山由紀夫・菅直人両代表を皮切りに、自民党の加藤紘一幹事長、野中広務幹事長代理、亀井静香建設相、小沢一郎新進党党首、梶山静六官房長官、小泉純一郎厚相、園田博之新党さきがけ幹事長、共産党の志位和夫書記局長らを次々と取り上げた。

それぞれに強い個性を持つ政治家の人間像を、腰を据えて描く機会に恵まれたのは貴重だった。多忙な政治家たちも、それまでの掲載記事を持参し、「こんな感じで」と取材を申し込むと、みんな断らずに受けてくれた。

若宮さんはこの年4月、日中韓3カ国のシンポジウム出席のため訪問中の北京で客死していた。

偲ぶ会では本来なら、受付でも案内係でも何らかの仕事を引き受けるべきだった。だが、腰痛がひどく、長く立っていられない僕は、冒頭は出席したものの、中座せざるを得なかった。

帰途、JR線で吊り革につかまって立っていると、前に座っていたサラリーマンらしき酔った男が降りようとした。電車は満員で身動きができず、とっさに足が動かなくなっていた僕は、その男の前に立ちふさがる格好になった。

男は「この野郎」という罵声《ばせい》とともに、僕に肘《ひじ》打ちをかまし、不機嫌そうに降りて行った。僕は痛みと怒りを黙って耐えるしかなかった。

週に1度か2度回ってくる副主幹の夜勤を終えると、帰宅は未明になる。駅のホームで柱につかまって腰痛に耐えながら、「こんな状態が永遠に続くのか」と暗澹《あんたん》たる思いにとらわれた。

「早く楽になりたい」とも思った。

ある日、グーグルに「手足の震え」「便秘」「うつ」などと打ち込み、検索してみた。

「パーキンソン病」という言葉が目に飛び込んできた。
「これかもしれない」と僕は思った。

第2章「診断」
もっと早く診察を受け、治療を始めるべきだった

2015年春、「報ステ」を降板した僕は、間もなく体の不調を感じるようになった。手足の震えや腰痛、便秘、疲れ、心の落ち込みなどに不安を感じながら、「いつか治るだろう」と思っていた。

しかし、それは根拠なき楽観だった。インターネットなどで調べると、パーキンソン病の症状には次のようなものがある。

【運動症状】
手足が震える（振戦）
筋肉が固くなる（筋強剛）
動作がゆっくりになる（無動・運動緩慢）
身体のバランスがとりづらくなる（姿勢保持障害）

転倒しやすくなる
足を引きずるように歩くようになる（すり足歩行）
最初の一歩が踏み出せなくなる（すくみ足）
いったん歩き出すと加速がついて止まらなくなる（加速歩行）
表情が乏しくなる（仮面様顔貌）
話し声が小さくなる
書く字が小さくなる

【非運動症状】
自律神経症状＝便秘、嚥下《えんげ》障害、頻尿、立ちくらみ（起立性低血圧）、発汗障害（僕の場合は過多だが、過少になる人もいる）
睡眠障害
精神症状＝うつ、認知症、アパシー（無気力）、病的賭博や買いあさり（衝動制御障害）、
幻覚や妄想（治療薬の副反応として）
疼痛《とうつう》・感覚障害＝腰や下肢などの痛み
疲労感

体重減少

程度に大小はあれ、僕を悩ませている症状がいくつもあった。

手足の震え、転倒しやすい、足を引きずる、表情が乏しくなる、話し声が小さくなる、便秘、頻尿、発汗障害、眠れない、うつ、腰痛、疲労感などだ。

便秘はパーキンソン病患者の8〜9割に見られるという。また、一般の人の疲労の頻度が5%なのに対し、パーキンソン病患者では42%に及ぶとの報告がある。

パーキンソン病は、ドパミンという神経伝達物質を作る神経細胞が徐々に減っていくことによって起きる。

神経細胞はなぜ減っていくのか。α《アルファ》シヌクレインという異常なたんぱく質が集まって塊となり、神経細胞が損傷するためと考えられている。

ドパミンは、神経細胞と神経細胞の結合部にある、シナプス間隙《かんげき》という隙間でやりとりされ、情報を伝える役割を果たす。神経細胞が少なくなるとドパミンも不足し、脳での情報伝達が乱れ、身体の動きの調節もうまくいかなくなる。

パーキンソン病は発症すれば治癒することはない。進行を止めることもできない。何年かかけてゆっくり進行し、自力歩行が困難になり、やがて歩行器や車椅子が必要になる可能性が高い。認知症を合併する割合は、診断から12年後で6割、20年後では8割に達するとの報告がある。

僕は落ち込んだ。

どうやら治ることのない進行性の難病にかかったようだ。

いま冷静に振り返れば、もっと早く専門医の診察を受け、治療を開始すべきだった。髙橋良輔・京都大学医学部附属病院脳神経内科診療科長は「症状が軽いうちに気づいて、できるだけ早めに治療を開始することで、進行をゆるやかにできる」と雑誌記事で指摘する。

けれど僕がとった行動は逆だった。

症状を家族に隠すようになったのだ。

長時間で不規則な勤務の新聞記者の僕を、長く献身的に支えてくれている俊美を悲しませたくない。そう強く思った。

いや、本当は自分自身が難病に罹患した現実を認めるのが怖かったのかもしれない。

俊美は2歳下。京都の大学生時代に出会って以来のかけがえのないパートナーだ。夫婦とも実家は関西。大阪社会部から東京政治部への僕の転勤に伴い、1993年4月に一男一女を連れて土地勘がまったくない東京近郊の町に引っ越してきた。間もなく末っ子の次男が誕生。専業主婦として3人の子育てに奮闘してきた。

ある朝、俊美の目の前で、茶碗に手を伸ばした僕の左手が震えた。

俊美はかねて僕の異変に気づいていて、「病院で検査してもらって」と何度も勧めてくれていた。

この時も俊美は「お願いだから病院に行って」と強く求めた。

なのに、僕は「たいしたことない」「仕事が一段落してから」と言を左右にした。

腰痛はしだいにつらさを増した。立っていても椅子に座っていても、同じ姿勢が続けば前かがみになり、腰や背中が痛くなる。

会社では、会議での発言はなるべく手短にし、早く終わることを祈った。

行きつけの理髪店で、ご主人に「どうしたの？　後期高齢者のようだね。背中が曲がっているよ」と心配された。

声が出にくくなり、家族や同僚に発言をたびたび聞き返されるようになった。表情がのっぺりしてきたように感じ、鏡で自分の姿を見るのが嫌になった。いつだったか、巷を騒がせたパンスト強盗（パンティーストッキングをかぶって人相をわかりにくくした強盗）を思い出すからだ。

神に感謝したのは、震えるのが利き腕でない左手だったことだ。

パーキンソン病の運動症状はまず身体の片側に現れる。僕の場合はそれが左側だった。右側ならパソコンのキーボードを打つのはもっと難しくなっただろう。

僕がついに医師の診察を受けたのは2016年7月。会社で気分が悪くなり、社説に訂正を出す手痛いミスをした（第1章で報告しました）参院選の直後だった。症状を自覚し始めてから約1年半が経っていた。

だが、この期《ご》に及んで僕はまだ逃げ腰だった。受診したのは脳神経内科ではなく、かねて痛風の薬を処方してもらっていた整形外科だった。

「腰痛が原因で左の手足が震えるようなことはありますか」と問う僕に、整形外科医は「あり得ません」ときっぱり言った。

「見たところ、あなたはパーキンソン病でしょう。紹介状を書きますので、できるだけ早く大きな病院の脳神経内科で検査を受けてください」


やっぱり、と僕は思った。

整形外科を出て会社に向かう途中、俊美を昼食に呼び出した。焼きそばを食べながら医師の話を伝えた。

「大丈夫。命まで取られるわけじゃないんでしょ」と俊美は言った。

幸いなことに子育てはほぼ終わっていた。長男は前述の通り伴侶を得、長女も就職していた。末の次男は大学3年生で、就職活動にめどがついていた。


僕の目には冷静に見えた俊美だったが、翌日から僕が出社中、図書館に通って関連書籍を読み、勉強してくれていた。それを僕が知るのは、かなり後のことになる。

7〜8月にかけて、最寄りの赤十字病院脳神経内科で3日間にわたり検査を受けた。

まず血液検査とMRI（磁気共鳴断層撮影）。さらに、脳のドパミン神経細胞の終末の状態を調べる「DATスキャン」、また心臓の交感神経の変性を調べる「MIBG心筋シンチグラフィ」である。ともに放射性医薬品を注射して行う画像検査だが、後者では、パーキンソン病になると機能が低下する心臓交感神経の画像がうつらないことを確かめる。

検査後の診察で、医師は「残念ながら……」と切り出した。

「あなたはパーキンソン病だと断じて差し支えないでしょう」

第3章「治療」

治療薬に身体を慣らし、種類・量が少しずつ増えていく

パーキンソン病の病名は1817年に英国の開業医ジェームズ・パーキンソンが「振戦麻《ま》痺《ひ》」として症例を報告したことに由来する。

インドでは、紀元前にパーキンソン病と思われる患者の治療にレボドパを含む植物の種が治療薬として使われた記録があるそうだ。

この病気は、それほど古くから人々を悩ませてきたということだ。

いま国内の患者数は16万〜20万人とされるが、超高齢化社会のもと、今後さらに増えると見られている。世界では2015年に690万人ほどだった患者数が、2040年には1400万人以上に倍増すると推計されている。

決して珍しい病気ではなく、むしろごく普通の病気と言ってもよさそうだ。

高齢になるほど発症率や有病率は上がる。僕がパーキンソン病にかかったと言うと、「ああ、祖母が亡くなる前にかかったあの病気ね」といった反応が返ってくることがある。パーキンソン病は長い間、治療が難しく、やがて寝たきりや認知症になる、つらい病気だった。患者の多くは発症から7年ほどで亡くなったという。

治療が大きく前進したのは1960年代だ。患者の脳内でドパミンが減少していることが判明し、ドパミンを脳内に送り込む薬（レボドパ＝L－ドパ）が開発されたのだ。以降、他の種類の薬も次々と開発され、いまでは患者の寿命はそうでない人と大差ないほどまでに改善されている。

薬物治療には主に2種類の薬が用いられる。レボドパと、ドパミンアゴニスト（ドパミン受容体刺激薬）である。

第1の柱はレボドパだ。ドパミンそのものを服用しても、脳内に入っていかない。脳組織が有害物質の影響を受けないよう人体に備わっている仕組みである「血液脳関門」で阻まれるからだ。だがレボドパはこの関門を通ることができ、脳内に入るとドパミンに変化する。いわゆる「ドパミン前駆物質」である。

「奇跡の薬」——。

レボドパはその劇的な効果によって、米国で投与が始まった当初、そう称賛された。

1969年、ニューヨーク郊外の病院で、30年にわたって半昏睡状態にあった患者たちがレボドパの大量投与の結果、続々と目覚める出来事があった。パーキンソン病ではなく、1920年代に流行した「嗜眠《しみん》性脳炎」の患者たちだが、この実話は「レナードの朝」のタイトルで映画化された。

しかし「奇跡の薬」には限界があった。

「レナードの朝」は、患者たちのレボドパの効果がしだいに薄れ、さらなる症状悪化へと逆戻りしていくさまも克明に描く。

レボドパは長く服用すると効果が持続する時間がだんだん短くなっていく。治療開始から5年以上経つと約3時間、10〜15年経つと1・5〜2時間しか効果が続かない患者が増えるという。

レボドパはまた、長く使うと、急に身体の動きが悪くなったり、震えが起きたりする「ウェアリング・オフ」や、意思と無関係に身体が動いてしまう「ジスキネジア」といった運動合併症が起きやすくなるとされる。

運動合併症は薬物治療開始後5年で約50％の患者で見られるとされる。

第2の柱は、レボドパを補完する「ドパミンアゴニスト」だ。①神経細胞同士がドパミンをやりとりするシナプスの隙間に入り込み、②ドパミン受容体と結合し、③神経細胞にドパミンを受け取ったと勘違いさせ、④ドパミンを放出させる、という薬だ。アゴニストはレボドパより効果は弱いが、比較的なだらかに持続する。レボドパの半減期は約1～1・5時間なのに対し、アゴニストは4～6時間と長いという。

人に個性があるように、パーキンソン病の症状は患者によって異なる。

複数の薬を組み合わせ、ひとりひとりの患者の生活の質（QOL）をいかに高めるか。「オーダーメイド治療」が脳神経内科医の難しさであり、腕の見せどころとも言える。

若い患者にはまずアゴニストを使う場合が多い。一方、高齢の患者にアゴニストを投与すると幻覚が出たり、認知機能障害を起こしやすくなったりするため、はじめからレボドパを使うことが多いとされる。

２０１６年8月、55歳でパーキンソン病と診断された僕は微妙な年齢だが、「あなたにはレボドパの使用はなるべく遅らせたい」という趣旨の説明が当時の主治医からあった。

まずプラミペキソール（商品名ミラペックス）というアゴニストを1日1錠（０・３７５㎎）処方された。これを１４０日間かけて4倍の１・５㎎に増やした。ゆっくり増量するのは薬に身体を慣らすとともに、薬の効果や、吐き気・眠気といった副反応の有無を見極めるためだ。

次に、脳内でドパミンを分解する酵素の働きを妨げるＭＡＯ－Ｂ阻害薬（セレギリン、商品名エフピー）が増えた。さらに、24時間効果が継続する貼り薬タイプのアゴニスト・ロチゴチン（商品名ニュープロパッチ）が加わった。以後、薬の種類と量は少しずつ増えていくことになる。


僕は長男と長女を呼び、パーキンソン病と診断されたことを俊美とともに説明した。「不治の病ではない」という僕の説明に、「父親がいなくなるような話かと思ったよ」と安堵したような長男の表情が記憶に残る。

末っ子の次男は西日本で勤務していた。僕たち夫婦は2017年7月に2泊3日で訪ねた。俊美の発案で、JRに1時間半乗って海に足を延ばした。靴を脱ぎ、海水に足を浸けた。海岸には僕たち以外、誰もいなかった。

発症以降、大好きな海から遠ざかっている僕に、久しぶりに美しい海を味わわせたいと考えてくれた、俊美の心遣いがうれしかった。

翌2018年2月、長女が神戸市のホテルで結婚式をあげた。僕は長女とともにバージンロードを歩いた。足がもつれないよう、ドレスの裾《すそ》を踏まないようにゆっくりと。なるべく真っすぐに立ったつもりだったが、後に写真を見ると左側に傾いていた。

披露宴でお色直しに向かう長女の腕を、息子2人が左右両側から取り、エスコートするのを見た僕は、なぜか涙が止まらなくなった。

僕は腰がつらくて宴席に座り続けることができず、何度も立ち上がっては腰を伸ばした。披露宴後のお見送りも座ったままさせていただいた。

第4章「パニック」

あがいてもあがいても、僕の足は言うことをきかない

尿意で目覚めた。起き上がり、ベッドの端に腰かけた瞬間、足が動かなくなった。「間に合わない」と思った途端、パニックになった。

あがいてもあがいても足は僕の言うことをきかない。生温かい尿が股間を伝い、マットレスにしみ込んでいった。2022年11月6日夜のことだ。

初めての尿失禁だった。

レボドパを服用し始めてから4年半。もしかしたらこれは運動合併症「ウェアリング・オフ」の兆し、もしくは始まりということなのかもしれない——。僕はそう思った。

ショックではあった。それでも、僕も俊美もこの事態を比較的冷静に受け止めた。これま

でも大きなパニックを乗り越えた経験があるからだ（この尿失禁の危機をどう乗り越えたかは第8章で報告します）。

時計の針を2018年4月に巻き戻す。

そのころ始まった最初の大きなパニックの引き金をひいたのは、持ち場替えだった。パーキンソン病との診断を受けた2016年8月、僕は根本清樹《せいき》論説主幹（当時）には報告し、「副主幹の仕事が無理だと判断したら交代させてください」とお願いしてあった。

その根本主幹から「『素粒子』を書く気はないか」と打診があったのは、2018年のはじめごろだった。「素粒子」は夕刊1面に幅広いニュースを取り上げる14行の寸評欄だ。

寂しさと安堵感が相半ばした。

副主幹は朝刊掲載の社説の出稿窓口を交代で務める。当番の日には、毎日の社説のテーマや内容を論説委員全員で話し合う「昼会」の司会を務めるのをはじめ、日中は断続的に会議に追われる。また、週1～2回の夜勤の日は深夜まで論説委員室に詰めていなければならない。根本主幹の打診は、病気を抱えた僕には副主幹の職はもはや無理だ、という通告に等しかった。

一方、「素粒子」は夕刊掲載のため、午後早く仕事は終わる。ベテランの論説委員が筆を執り、歴代の筆者には僕が尊敬する先輩が何人もいる。

「病気を持つ僕で務まるのだろうか」

そんな不安がなかったと言えばウソになる。

ただ、「素粒子」筆者になれば、会議で椅子にじっと座っているような時間は昼会を除けばほぼなくなる。同僚の書いた原稿をチェックするデスクの役回りから、久しぶりにまっさらな紙に自分で原稿を書く記者に戻れる。そのことにも胸躍る思いがした。

「僕でよろしいのでしたら、やらせていただきたい」と僕は根本主幹に即答した。

そんな僕を横目に見ながら、俊美は介護の基本的な知識やスキルを学ぶため、介護職員初任者研修を受講してくれた。2018年3月に終了。この時に得た知識と経験は後に大きく役立つことになる。

主に早期患者に使われるドパミンアゴニストによる治療を受け始めて1年半、僕の症状に大きな変化はなかった。

何より気分がよかったのは、あんなに苦しんだ便秘が、毎日の海藻類の食事と、酸化マグネシウム錠の服用で魔法のように改善したことだ。×が並んでいた手帳に、○が週に4回、5回とつくようになった。

ところが予期せぬ「副反応」が起きた。おならが頻繁に出るようになったのだ。周囲に迷惑はかけるが、あの便秘の苦しさに比べればはるかにましである。

2018年4月、僕は論説副主幹から論説委員に戻り、坪井ゆづるさんと週替わりで「素粒子」の筆を執り始めた。

第1週はまず坪井さんに担当をお願いした。

第2週、初めての当番を迎えた僕は、JR線を乗り継いで新橋で下車し、朝7時前に東京本社の自席に座り、執筆・出稿する——という当初思い描いていたスケジュールを順調にこなした。

だが、非番だった翌第3週に異変に襲われた。床板を踏み抜いたように体調が崩れたのだ。手帳に小さな文字が残る。

4・17（火）朝食後、新聞を読んでいる時めまい、吐き気。会社休む。夜も少しめまい
4・18（水）朝、ストレッチで首を回すとめまいの予兆。初めて俊美に会社についていっ
て一緒に帰ってもらう

不意に気分が悪くなる。頭がふらっとして倒れそうになる。歩き出そうとしても第一歩が踏み出せない。

眠ってしまうと呼吸が止まってしまうような気がして眠れない。

トイレや風呂など狭い空間に足がすくんで入れない。やっと風呂場に入っても、湯船に浸かれない。頭からシャワーを浴びると溺れるような気がする。

4・23（月）俊美に送迎してもらう。朝気分悪いが何とか会社へ。昼寝後、気分悪くなる。
午後は調子良かったけれど…。晩飯ほとんど食えず

翌第4週の当番は必死にこなした。

4・24（火）自宅から素粒子送る。病院、先生に急診。気分直らず

僕は月に1度の診察が待てず、当時の主治医に急きょ診察時間をとってもらった。タクシーに何とか乗り込み、息も絶え絶えに病院に着いたが、椅子に座っていることができない。処置室のベッドで横にならせてもらい、診察を待った。

「めまいがする」と訴える僕の顔に、主治医は水中眼鏡のような器具を装着し、頭を振ったり回したりした。そして「めまいじゃない」と告げた。

僕は、自分の症状が医学的に「めまい」か否かを知りたいわけではなかった。

この不快な症状を少しでも和らげてほしい——。願いはその1点に尽きたのに、主治医の答えはなかった。

4・25（水）俊美についてもらって会社へ。帰りも。根本さんに聞かれる→説明する。俊美やや疲れた感じ。申し訳なし

4・26（木）会社まで俊美と。気分悪くならず良かった。帰りも俊美と

4・27（金）夜寝られず俊美と苦しみながら会社へ。素粒子出し10時前に俊美と帰宅。2度昼寝したら元気に

4・28（土）少し気分悪いが治る。昼、牛丼食べられない。散歩、気分悪くなる。大丈夫なのか、不安になる。とにかく1週間、素粒子やれたのだから自信を持てと

自分に言い聞かせる

(僕の手帳から)

体調は次第に悪化していった。

電車やバス、タクシーなどに乗ろうとすると過呼吸になりそうになった。酷い時は、テレビやパソコンの画面の明滅や、道路を走る車を見るだけで吐き気を催した。

乗り物のなかでは、いつ吐いてもいいように、ポケットに入れたビニール袋を常に握りしめていた。だが不思議なことに、実際に吐いたことはなかった。

朝、会社に行こうとして駅まで15分歩くだけで疲れ切った。駅に辿り着けずに引き返したり、着いても電車に乗れなかったり、乗れても途中で降りたりしてすごすごと自宅に戻った。車窓を流れる景色に目をやることができない。車内吊りポスターのモデルのホクロをじっと見つめ、不安を押し殺した。

僕の異常な行動を、俊美は受け入れ、寄り添ってくれた。

俊美はまずJR線の1カ月の通勤定期を買い、会社に行こうと試みる僕に毎朝随伴してくれた。

「あと1駅、あと1駅」と念じながら、吐き気をこらえ、ようやく会社に着けた日は、俊美は銀座や日比谷で時間をつぶし、僕の「帰るコール」を待って一緒に帰途に就いた。映画を観ようと劇場に入り、席についた途端、会社で気分が悪くなった僕の「SOS」でチケットを無駄にしたこともあった。

副主幹の仕事の重さにぎりぎりで耐えていた心身が、担当替えを機に閾値《いきち》を超え、悲鳴を上げたように思えた。「素粒子」を書く仕事が、知らず知らず過度の緊張状態をもたらしていたのかもしれない。

いま思えば、無闇に動き回るより、ゆっくり心身を休めた方がよかったのかもしれない。しかし当時は「なんとかせねば」と思い詰め、じっとしてはいられなかった。

「乗り物に慣れなければ」と週末の電車の空いている時間帯に都内の美術館に行ったり、タクシーで最寄りのバラ園を訪ねたり、外食に出掛けたり……。思いつく限りの「練習」をした。それでも、なかなかうまくいかなかった。

上野の美術館では混雑した展示スペースで息が苦しくなり、人の少ない廊下のソファに座り込んだ。肝心の展示は走り抜けるように眺めただけだった。外食はたいてい中途半端で打ち切り、店を出る羽目になった。

人ごみに慣れようと、休日に出かけた家電量販店の店内放送に恐怖を感じ、店に入れなくなった。行きつけの理髪店で髪を切ってもらい始めた途端、全身の震えが止められなくなり、洗髪も髭剃りも断って逃げるように帰ったこともあった。

取材先との会食や懇談などのほか、講演取材や記者会見への出席などもできなくなった。記者仲間との飲み会や、酒を交えての打ち合わせなどにも参加できなくなった。

一線の記者時代にはそうした会合が週に何度もあった。ざっくばらんに意見を交わし、自らの考えや情報の不足を補い、出すぎを矯《た》める。その役割は大きかった。

僕が「素粒子」を書き始めた2018年4月、国際政治は激動のさなかにあった。韓国の文在寅大統領と北朝鮮の金正恩朝鮮労働党委員長が板門店で握手を交わす南北首脳会談があった。続く6月には、金委員長とトランプ米大統領がシンガポールで史上初の米朝首脳会談に臨んだ。

国内政治では、加計学園問題で首相秘書官が愛媛県職員に「首相案件」と説明したと同県知事が明言した。また、森友学園の国有地売却をめぐる問題では財務省の決裁文書の改竄《かいざん》疑感がくすぶっていた。

内外共に留意すべきテーマ、情報収集が必要なテーマが目白押しだった。そのなかで、それがかなわないつらさと、心身の苦しさにひたすら耐える日々が続いた。

1カ月たっても、事態は変わらなかった。

このころの手帳には、「出社」と「自宅で作業」がほぼ半数ずつ記録されている。

「次は1カ月にしようか、3カ月にしようか」と俊美が聞いてきた。

迷いに迷った末に3カ月定期を買ってもらった。

食事が十分にとれない日々が続いた。

毎食後に服用する治療薬の効果は、次の食事の時には切れかかっている。

食卓についていると、だんだん前かがみの姿勢になり、胸が圧迫されるように感じる。食べ物がのどに詰まりそうな感じがし、飲み込むことができなくなる。実際に食べ物や飲み物が気管に入ってしまう誤嚥《ごえん》を起こし、激しくせき込むことも増えた。

「座って食べられなければ、立って食べればいいのよ」と俊美が言った。

低いタンスの上にいろんな高さの段ボール箱を並べ、立ち食いができるようにしてくれた。立ったままうどんを1本ずつかみ砕き、1杯を1時間かけてようやく飲み込む。そんな食事が続いた。

それでもタンスの前で足がすくみ、近づくことさえできない日もあった。なんとか座って食べられた日も、俊美と会話を楽しむ余裕はなかった。腰痛に耐えながら、ひたすらうつむいてご飯やおかずを少しずつのどに押し込んだ。

70キロ以上あった体重が61キロに減った。背中が前かがみになり、膝も曲がったせいで、身長も4センチ縮んだ。服のサイズはそれまでのLがガボガボになり、Mでちょうどになった。

突然、深いトンネルで放り出され、出口はまったく見えない。暗闇のなかで、僕は「素粒子」を書き続けた。

せめて人並みに座って食事がしたい。椅子を変えればそれができるかもしれない――。すがる思いで、大型家具店やデパートの介護用品売り場、福祉用具展示・販売所などを俊美とともに回った。リクライニングチェアや介護用の椅子、肘付きの椅子、座椅子、回転椅子……。思いつく限りの椅子を購入した。クッションもいろいろ買った。

長く使っている食卓が一般的なものより数センチ低いことに気づいた。高い方が背筋を伸ばしやすそうに思えた。背の高い机や、高さを調節できる机も買った。

店頭で試している時はたいてい薬がよく効いているONの状態の時だ。その時はよさそうに感じた椅子や机も、いざOFFの時に自宅で実際に使ってみると、やはりダメだった。

やがて狭い自宅マンションに使えない椅子や机が林立する状態になった。やむを得ず、ほとんど未使用のまま処分した椅子や机もある。

度重なる期待外れと、無駄な出費に、僕はうちひしがれた。

「またヤッチマッタなあ」

「『ヤッチマッタ家具』がまた増えた」

夫婦で笑いあえるようになったのは、退職後、２度目のパニックを乗り越えて以降のことになる。

第5章「レボドパ」
病気を理由に、最後の仕事を中途半端に終わらせたくない

僕「残り少ない記者生活なんです。悔いなく仕事ができる環境を、何とか作っていただけませんか」

主治医「すべてを薬で解決しようとするのは間違いです。治療は薬が半分、残る半分は本人の努力。そのことを忘れないでほしい」

僕「わかっています。しかし、今のままでは仕事ができません」

当時の主治医に、僕は涙を流して訴えた。診察前は「冷静に」と自分に言い聞かせていたが、どうにもならなかった。２０１８年6月25日の診察でのことだ。主治医はこの日、レボドパの処方を決めてくれた。

僕は「素粒子」を、30年を超える記者生活の「最後の仕事にしたい」と考えていた。

体調が悪化してどうしても書けなくなった時には、相方の坪井さんに代わってもらうよう、かねてお願いしてあった。しかし、実際にそんな事態に追い込まれれば、僕は記者を辞めるつもりでいた。いわゆる背水の陣である。

僕の体調は一進一退をくり返していた。
6月11日には、パニックになってから初めてひとりで電車に乗り、会社から帰宅できた。この日の手帳には「初めて1人で帰宅」の文字を大きな○で囲んである。けれど、良いことばかりではなかった。

6・21（木）4時半起床。自宅で作業。昼気分悪くなる。フロが怖くなる。元に戻った感じ

6・22（金）4時起床。自宅で作業。朝散歩に行って外が怖いと感じる。元に戻った感じ。カレーうどん食えず。ドリンクのんでから食えた（ドリンクと呼んでいたのはゼリー状の栄養補助食品のこと。これならのどを通った。おなかが空くとエネルギーが切れた感じがするので、このころ愛飲していた）

6・23（土）4時前起床。散歩大丈夫だが、公園（自宅近くの散歩道の途中にある神社公

園のこと）まではしんどい。メシがのどを通らない。苦しい
（僕の手帳から）

病気を理由に仕事を中途半端に終わらせたくはない。「素粒子」を書き続けるために、できることは何でもやる。本章冒頭の診察を前に、僕は腹をくくった。

6・25（月）診察。ついにレボドパ出る。複雑な心境。事態が少しでも良くなればと祈る
（僕の手帳から）

処方されたレボドパ製剤（商品名マドパー）を、僕は1日1錠、朝食後に飲み始めた。先に触れたように、脳内で不足するドパミンを補充するレボドパは、パーキンソン病の運動症状の改善に効果が高く、即効性もある。主治医の言葉を借りれば「もっとも切れが良い」薬である。

しかし第3章で述べたように、レボドパを長く服用していると、やがて自分の意思とは関係なく身体が動いてしまう「ジスキネジア」や、急に身体の動きが悪くなったり、震えが起きたりする「ウェアリング・オフ」といった運動合併症が現れやすくなる。このため、主治

医はできるだけレボドパの投与を遅らせたい考えだったこともすでに述べた。

ついにカウントダウンのスイッチを押してしまった――。覚悟はしていたが、僕はそんな心境に追い込まれた。

当時、僕は57歳。人生、まだまだ先は長いと思いたい。

一方で、いまなすべき仕事には全力でぶつかりたい。

ふたつの命題をはかりにかけて、いずれは運動合併症に苦しむ可能性も十分頭に入れながら、いまはレボドパの力にすがるしかない――。それが手帳に記した「複雑な心境」の意味だった。

その夜、僕は「主治医の前で泣いたりして、みっともなかったかな」と俊美に言った。俊美は「よかったのよ。あなたの率直な思いが伝わったのだから」と言ってくれた。

情けないことに、俊美の前ではこれまで何度も愚痴をこぼし、涙を流していた。俊美は「じゃあ、会社辞める？　辞めても何とかなるよ」と言うのが常だった。

身体がこわばり、動けなくなった僕に手を貸すだけでも、身長が15センチも低い俊美には大仕事のはずだ。外出の際は重い荷物を持ったうえに、僕の歩行器をバスに載せたり降ろしたりしてくれる。毎朝のゴミ出しは長く僕の仕事だったが、僕が歩行器を使うようになってからは俊美に任せきりだ。

「1、2、3」「1、2、1、2」と号令をかけて立ち上がる。足が固まったら動きやすい方から動かし、次に動きにくい足を動かす。寝た姿勢からの起き上がり方、寝返りの打ち方。声が出やすくなる「パ、タ、カ、ラ」の発声練習。俊美から教わった知識は具体的で効果的だ。

介護職員初任者研修（第4章でふれました）や図書館の本から得た知識と、持ち前の明るさで支えてくれる俊美には、一生、頭が上がらないだろう。

「動く時は身体の力を抜いて」と俊美は言う。

けれどせっかくの助言も、ひとたびパニックに陥ると僕の頭からすっぽり抜け落ちてしまう。力任せに動こうとしたあげく、気ばかり焦って身体はいっそうこわばり、足は床に根を生やす。そのくり返しである。

俊美のメモ帳に、レボドパ服用開始後の僕の様子が記録されている。

6・26（火）身体ギクシャク。腰が痛い。乗り換え駅で帰ってくる
6・28（木）最寄りの駅で帰宅。夜、寝返りが打てなくなる。早朝、寝返り介助
6・29（金）休む。会話が増える。散歩午前OK。夕方つらくなる。夜、寝返りしんどい
6・30（土）午前散歩でエネルギー切れ。昼留守番中パソコンでトラブル、動揺する。夜、眠れなくつらい（動きは少しずつよくなっている）腰痛はつらい
7・1（日）薬飲んで気分が悪くなって長引く
7・2（月）薬が飲めない。砕いて飲む↓順ちゃんを叱る。昼寝の後、楽《らく》のみ。入浴介助。左足が固まる。夜、よく眠れた様子。寝返りも自然な感じ

この日、薬がのどを通らなくなった。

何とか飲もうと「砕いてほしい」と頼むと、俊美は「そんなことして本当にいいの！」と不信をあらわにした。薬局に電話で問い合わせたら「砕いても割っても大丈夫ですが、『楽のみ』がいいですよ」と勧めてくれた。楽のみとは服薬補助ゼリーのこと。旅行には携帯用を持参するほど、いまでは僕の愛用品だ。

やがてマドパーの服用は毎食後になった。追いかけるように、効果も見えてきた。

7・20（金）夜寝ていて死ぬように思う

7・23（月）動きがよくなる。振戦が減る。胃腸不調は続く

7・31（火）視界が晴れた感じ

（俊美のメモから）

手足の震えや、すくみ足などはしだいに軽くなっていった。トイレや風呂にも抵抗感なく入れるようになった。食事もだんだんとれるようになり、体重は7月28日に62キロを超え、8月6日には63キロ台になった。

「パニック」を脱し、日常をなんとか取り戻すまでに3カ月余を要したことになる。

ただ、腰痛、短時間しか姿勢が保てない、不眠、疲れやすさ、異常発汗、不安・うつ、夜間頻尿といった症状は依然として残った。

電車やバスにもひとりで乗れるようになったが、恐怖心が消えたわけではなかった。

乗り物に乗っていて不安になったり、過呼吸になりそうになったりする現象は、いまでも残っている。とくに寝不足や薬の効果がＯＦＦの時によく起きる。

この病気になってから、くよくよしたり、気分が落ち込んだり、逆に急に高揚したりすることが増えたような気がする（ご迷惑をおかけしたり、振り回したりした方に改めておわび申しあげます）。

うまくいかないことがあったり、急に気分が悪くなったりしても「ああ、こういう日もあるさ」と余裕をもって自分自身を見詰められるようになりたい。心からそう念じているのだが、なかなかうまくいかない。

病気による心のあり様の変化を十分に自覚し、穏当な言動ができるよう心掛けねばならない。そう自分に言い聞かせる毎日である。

第6章「風」
マイケル・J・フォックスと、モハメド・アリと、永六輔と

この章では、趣《おもむき》を変えて、3人の著名な患者をめぐる物語を――。

× × ×

パーキンソン病であるとのカミングアウト（公表）が、2人を結びつけた。

1998年12月、マイケル・J・フォックスにモハメド・アリから電話がかかった。

伝説のボクサー、アリの独特のささやき声が聞こえた。

「きみもこの病気になったなんて気の毒だな。だけど、おれたちが2人一緒に闘えば、きっと勝てるさ」

千軍万馬の味方を得た思いだったのだろう。パーキンソン病への罹患を公表したばかりの

マイケルの目から涙があふれた。

マイケルは、僕と同じ1961年生まれ。映画「バック・トゥ・ザ・フューチャー」3部作で主役を演じ、若くしてハリウッドのスターに躍り出た。

その彼がパーキンソン病と診断されたのは30歳の時。それから7年間、家族や限られたスタッフにしか発症を知らせないまま、俳優として活躍した。

マイケルは公表後、俳優業からいったん退き、2000年に「マイケル・J・フォックスパーキンソン病リサーチ財団」を設立。パーキンソン病治療法の確立に向けて、寄付を募り、ロビー活動を展開するなど風を起こし続ける。

ボクシング史上に残る数々の名勝負を戦ったアリ。ボクサー引退3年後の1984年に42歳でパーキンソン病と診断されたが、その後も公的な場に立ち続けた。

1996年のアトランタオリンピックで、震える身体で聖火台に点火した姿が記憶に残る方も多いだろう。マイケルの活動にも協力を惜しまなかった。

2016年、アリが74歳の生涯を閉じた時、マイケルはこう悼《いた》んだ。

「モハメドは何百万人ものパーキンソン病患者・家族のチャンピオンでした」

マイケルは財団の活動を続けながら俳優に復帰。2013年にはテレビドラマで主役を演じた。パーキンソン病にかかったテレビキャスターが仕事を辞め、復帰するという自身を思わせる物語。多くの患者やその家族を励ました。

財団の活動などが認められ、マイケルは2022年の米アカデミー賞で、特別賞であるジーン・ハーショルト・友愛賞に輝いた。


マイケルにはなぜ、このような活動が可能なのか。同じ年に生まれ、60歳で早期退社を選んだ僕にはまぶしいほどだ。その秘訣は、しっかりとした運動ときちんとした服薬、前向きな気持ちにあると指摘されている。

マイケルは、運動を重視する理由について「体力を調整し、試練に耐えて肉体的強さを高めておけば、神経上の侵食に抵抗できると確信していた」と自伝に記す。

そんなマイケルもずっと前だけを見つめてきたわけではない。不安とストレスから逃れようとアルコール依存症になったこともあった。

苦しみながら病気を受け入れ、前へ、外へと気持ちを開いてきた経緯が、自伝からは読み取れる。

あるインタビューに、マイケルはこう語っている。

「治療法は空から降ってこない。よじ登ってつかまなければ」「命には限りがある。だからただ前を向くのみ」

永六輔は2010年、77歳でパーキンソン病と診断された。その2年ほど前から呂律が回らずラジオの話が聞き取りにくい、字が書けない、足元がおぼつかない、反応が薄いといった異変が起きていた。

晩年を看取った長女・千絵さんが著書で振り返る。

「いちばん困ったのは、話をしていて、父の反応が薄い、ということだった」

「仕事の打ち合わせをしていても、その仕事を受けたいのか、断りたいのか、わからない。どうしたいのかをはっきり言わなくなってしまったので、こちらが推測して、この仕事は受けた方がよいのではないか、これは断ってよいのではないか、という判断をしなければならなくなった」

そんな永に服薬の効果は絶大だった。言葉がはっきりし、字も書けるようになった。

周囲にはよくこんな冗談を飛ばした。

「僕はパーキンソンのキーパーソン」

再び千絵さんの回想――。

「マイケル・J・フォックスがパーキンソン病であることを公表し、しばらく姿を見ない時期があったが、その後、再びテレビドラマに登場するようになったのも、このころだったと思う」

「難病とはいえ患者数のかなり多い病気でもあるので、表へ出ていくことで、少しでも同じ病気を持つ人たちの励みや慰めになれば、という思いは大切だと思う。父がそこまで考えていたかどうかはわからないが、ラジオでは自分の病気の話をよくしていた」

マイケルが起こした風は、永に届いていたのかもしれない。海を越えて。

病気になった時、どの範囲の人にそのことを知らせるかの判断は難しい。

2016年8月にパーキンソン病と診断された直後、僕は根本論説主幹に報告し、「副主幹が務まらないと思ったら、交代させてください」とお願いしたことは先に触れた(第4章参照)。

仕事上の関係が深い同僚たちにも説明したが、職場の全員に機会を設けて公表する気持ちにはなれなかった。ただ、同僚の多くは、前かがみで、しかも左に傾いた姿勢で歩く僕の様子を変だと感じていたようだ。

背中が曲がった僕の姿を久しぶりに見て、「恵村さんって、こんなに背が低かったっけ」と言う後輩記者もいた。

声をかけてくれた人には、パーキンソン病であることを隠さず話した。

職場のみんなに自分の口から説明したのは2021年5月、コロナ禍の下、Teamsを通じて行った退社のあいさつで、だった。

×　×　×

第7章「両輪」
服薬と運動がかみ合ってきた時、新型コロナで生活が一変した

（1）ミニ単身赴任

２０１８年8月、僕は会社近くのワンルームに引っ越した。レボドパ「マドパー」を服用し始めたものの、ひとりで電車に乗って会社に通うのは難しかった。かといって、妻の俊美に毎日付き添いは頼めない。

どうすればいいか？

俊美が提案した。

「会社の近くに小さな部屋を借りたらどうだろう」

そこを拠点にすれば、僕ひとりで会社に通える。会社で具合が悪くなれば部屋に戻って休

むこともできる。俊美にかかる負担も減るはずだ。

いわば「ミニ単身赴任」である。問題は費用を全額自己負担せざるを得ないことだが、俊美は例によって「何とかなるよ」と言う。

楽観に過ぎるとも思えたこの提案、実はファイナンシャル・プランナーの資格を持つ長男の指南を受け、俊美がおおざっぱに計算した収支計算の裏打ちがあった。

自宅マンションのローンはちょうど60歳で完済できるように組んであった。それまでは会社を辞めるのは現実には難しいという懐事情もあった。

僕の体調は安定には程遠かった。部屋を借りたとしても、「素粒子」をきちんと書き続けられるか、正直言って自信はなかった。

当番の週に無理に会社に通おうとするのは控え、自宅から出稿するようにした。その代わり、非番の週に会社近くのホテルに俊美と泊まり、会社に通ってみた。「ミニ単身赴任」のテストである。

7・10（火）朝6時起床。エネルギー切れか気分良くなく。（晴海のホテルにチェックイ

ンしてから＝筆者注）夕方出社久しぶり
7・11（水）朝食後気分悪く（食べすぎ）朝から出社。1時半すぎまで昼会終わって
7・12（木）朝10時出社。12：30俊美と待ち合わせして（自宅に＝同）帰る。夕散歩。久しぶりに（自宅マンションの周囲を＝同）クルッと一周して帰る

（僕の手帳から）

日を置いて、新富町や銀座のホテルにも泊まった。

夜中に気分が悪くなって横になれず、ホテルの部屋の片隅で2～3時間立ち尽くしたり、ベッドが身体に合わなくて寝られず、床に敷いた毛布の上でやっと寝付いたり……。ハプニングもあったが、総じて言えば、会社に通うことは僕の心身に良い影響を及ぼすことがわかった。

自宅から「素粒子」が出稿できるならそれでもいい、と根本論説主幹や、相方筆者の坪井さんは言ってくれていた。だがそれでは、毎日午前11時からの論説委員室の「昼会」に参加できなくなる。

歴代の筆者に比べて経験も見識も乏しいうえに、病気で取材もままならない。そんな僕が、昼会にも出ずに伝統のコラムを書いていいものか。独りよがりの「素粒子」になりはしまいか。僕はそのことを恐れた。

その夏は猛烈な暑さだった。日中出歩くだけで疲労困憊《こんぱい》した。レボドパの効果は確かにあったが、ふとした拍子に気分が悪くなったり、ふらっとしたりが続いていた。

部屋を借りる決断は、僕たち家族にとって大きな賭けだった。病気を抱える僕が、ひとり暮らしに耐えられるのか。失敗すれば、病気の悪化も心配だし、引っ越し代や礼金のほか、冷蔵庫・洗濯機の購入費などの初期投資は持ち出しになってしまう。

「あなた自身はどう思っているの？」と最後に俊美が聞いた。

自分の行動は自分自身で決める。僕と俊美は常に、その原則に従って3人の子どもを育ててきた。今度は僕自身が問われる番だ——。

僕は答えた。

「書きたい、いま辞めれば後悔する」

家族はみんな理解してくれた。


部屋探しに活躍してくれたのは子どもたちだった。

長女は結婚後の新居を探した経験を生かし、ネットで手早く検索。これはと思う候補をいくつも連絡してくれた。

会社と直結する地下鉄大江戸線沿線に候補を広げようとした僕と俊美に、長男は「優先順位を考えなさい」と助言してくれた。

電車に乗れないから部屋を探そうというのに、地下鉄に乗って通うことを前提に考えるのはおかしい。いまは広さや環境より、会社に歩いて通える近さを重視すべきだ、と。


なるほど、と僕はうなずいた。実際、僕は会社周辺のホテルに泊まった際、朝の勝どき駅のすさまじいラッシュを経験していた。

長男は常に冷静な視点から助言をしてくれる。

子どもたちは俊美とＬＩＮＥで随時連絡を取り合い、猛暑のなかを出歩くのが難しい僕に代わって、物件の内覧までしてくれた。

部屋探しは、期せずして子どもたちの成長ぶりを僕たち夫婦に実感させてくれた。

幸いなことに、古いが比較的安い物件が、会社から徒歩3分のところに見つかった。

部屋が決まると、俊美が告げた。

「これからはあなたが自分でやってね」

引っ越し業者の選定や鍵の引き渡し、入居後の不備の改善交渉など、引っ越しに必要な手続きは結構多い。

俊美がやってくれれば早いし、確かだ。だが仕事にかまけて、ただでさえ家事や育児を「俊美一任」でやり過ごしてきた僕の「俊美依存」は変わらない。

いまは体調がままならないとは言っても、パーキンソン病とは生涯、付き合わねばならない。これを機会に、自分のことはできるだけ自分で。そう言いたかったのだろう。

まず引っ越し業者をリストアップし、数社に電話で見積もりをとるところから始めた。発症以来、「身内」の世界に閉じこもりがちだった僕が、仕事以外で「外」の世界と触れ合う良いきっかけになった。

最も安い業者を選び、夏休みを利用して引っ越したのは8月22日。会社に通えないというストレスから解放されたこともあってか、体調は少しずつ安定に向かっていった。

俊美は毎週、作り置きの食事を密閉容器に詰めて持ってきてくれた。がんもどき、ひじき煮、南蛮漬け、果物など。俊美のいない日に小分けにして食べた。

ベッドはひとつしかない。そこには僕が寝た。俊美が泊まる際には申し訳ないけれど、窓際のフローリングの床に敷いた布団で寝てもらった。

冬になると窓際は寒い。布団乾燥機を買い、布団を温めてから寝た。

閉口したのは、築地市場への荷入れを待つトラックが部屋の前の道路に列をなし、エンジン音が朝までやまないことだった。長年勤めた会社の近くが夜通しこんなにも騒々しいとは、まったく知らなかった。

少し後の話になるが、あんなに僕たちを悩ませた騒音がある夜、ぱたりと消えた。2018年10月11日、豊洲市場開場の日だった。

(2) 東京を歩く

引っ越し後、最初の当番週は夢中だった。

目覚めてすぐテレビを点け、お湯を沸かして紅茶を淹《い》れる。トーストとヨーグルトの朝食をとり、ゴミを出して、会社に向かう。論説委員室のデスクで新聞各紙に目を通し、朝早く出勤してくる論説委員の意見も聞きながら原稿を仕上げる。

その週最後の「素粒子」をなんとか脱稿した土曜日の手帳にはこうある。


９・１（土）１週間キチンと会社に行って勤められた。久しぶりのこと、うれしい限りだ。

俊美さんのおかげです‼


「記念にどこかへ行こう」と俊美が誘ってくれた。僕の希望で神田神保町の古本屋街へ行った。

本好きの僕なのに、神保町を訪ねるのは恥ずかしながら初めてだった。

ずらりと並ぶ古本屋を冷やかして回るのは楽しかった。パーキンソン病も、猛暑もどこへやら、俊美をほったらかしにして歩き回った。あとでこってり俊美に絞られたのは言うまでもない。

ことほどさように、関西出身の僕たち夫婦は東京近郊に長く住みながら東京のことをほとんど知らない。その現実に改めて気づかされた。

その夜、2人で話し合った。

病気のせいでやむを得ず始めた「都心暮らし」を奇貨として、この際、東京を思い切り楽しもうではないか、と。

街歩きは格好のリハビリにもなる。


9・2（日）朝から隅田川沿いを歩き、人の少ない築地本願寺へ。手を合わせ、今後の無事を祈る。午後は日比谷ミッドタウンへ

9・8（土）相撲大好きの僕のために国技館、江戸東京博物館へ。帰路いくつかの相撲部屋を回り、記念写真

（僕の手帳から）


休みのたびに美術館・博物館や神社・仏閣、庭園・公園、目黒の「さんま祭」や神宮外苑の銀杏並木など季節の風物を幅広く歩き回った。

混雑を避けるため、朝早く出発し、午後は早めに部屋に戻った。

そうして訪ねたなかから、「もう一度訪ねたいベスト10」を順不同で挙げてみたい。

▽東京スカイツリーを眺め、正岡子規仮寓の地などに立ち寄りながら名物・言問《こととい》団子と桜もちを食す隅田川散歩

▽夏目漱石・森鷗外、樋口一葉などの文豪や吉村昭、池波正太郎、小津安二郎などあこがれの作家たちの記念館めぐり。増山かおり著『死ぬまでに一度は訪ねたい東京の文学館』（エクスナレッジ）を片手に

▽食器の街・浅草かっぱ橋道具街ぶらぶら歩き（170ほどの道具の店が立ち並ぶ）

▽神田神保町に約120店、100万冊が並ぶ秋の恒例「神田古本まつり」（神保町には平日も含めたびたび出かけた。「素粒子」で時々引用するようになった俳句の本や、1冊100円や50円の格安本に手を伸ばすことが多かった。コロナ禍で3年ぶりの開催となった2022年10月には歩行器を押して俊美と出かけたが、あまりの人出に身の危険さえ感じた）

▽門前仲町のある焼鳥店（耳になじみの薄い「希少部位」のメニューを、端から端まで注

文するのがお勧め）

▽大相撲本場所前日の「土俵祭」。国技館に無料で入場でき、神事を見学できる（この日にたまたま出会った朝乃山関のファンになった）。あわせて周辺の相撲部屋めぐり

▽銀座や日本橋などに点在する各都道府県や市町村の物産館めぐり（僕は日本酒、俊美はパンや果物などを購入した）

▽東京マラソンの応援。大雨の銀座で車いすランナーの力走を間近に見て感激

▽全国各地の地酒を集めたＧＩＮＺＡ ＳＩＸ地下の立ち呑み酒屋「いまでや銀座」（よく似た形態の店が各地で増えてきた）

▽築地場外市場での買い物

9・22（土）築地場外で買い物。カンパチサシミ、マグロのホホ焼

（僕の手帳から）

引っ越して間もなく、場外市場で朝、魚や果物を買う習慣ができた。30年以上も通う新聞社のそばにありながら、たまに昼食に行くくらいで縁が薄かった築地場外。

都心にはスーパーなどが少ないが、これまでも転勤先でいつも買い物先を開拓してきた俊美が見逃すはずがなかった。

（3）フィットネスルーム

出歩けるようになったのは僕にとって良い変化と言えたが、体調には相変わらず自信がなかった。レボドパの効果が切れ始めると、身体がすくみ、胸が詰まるように感じた。

仕事がらみの飲み会や食事会はほとんど断るようになっていたが、誕生日や結婚記念日に俊美と外食に出かけた時にも急に気分が悪くなったり、腰がつらくて椅子に座っていることに耐えられなくなったりした。

「大丈夫？」と聞かれ、「大丈夫」と答えていたのに急に気分が悪くなり、僕だけが先に店を出て俊美を悲しませる。そんなことが続いた。

「だったら『大丈夫』って言わなきゃいいのに……。期待した分だけ悲しくなる」

俊美はそう嘆くが、僕としては少しでも俊美を楽しませたいと思えばこそ出かけたのだし、何より本当に急に気分が悪くなるのだから仕方がない。

この気分の急変と腰痛を少しでも軽くできないものか。それが当時の僕たちの最大の願いだった。


そのころ、当時の主治医が、こんなアドバイスをしてくれた。

「いまのあなたの状態であれば、一般のスポーツクラブでするような運動ならできるはずです」

「治療は薬が半分、本人の努力が半分」と持論を強調することも忘れずに。

僕は、会社の地下3階に福利厚生用のフィットネスルームがあることを思い出した。

そういえば入社当時、研修でたまたま通りかかった小さな体育館のような部屋(当時は「体調室」と呼んでいた)で、昼日中、卓球に興じているオッサン記者たちを見て、「気楽なもんだなあ」とあきれたものだった。

そんなことを思い出しながら訪ねると、体調室は30余年の時空を超えて当時のままそこにあった。女性インストラクターが交代で指導してくれるという。

早速、インストラクターに病気のことを説明し、簡単なメニューを組んでもらった。

僕は30代のころ、会社のソフトボール大会でギックリ腰になったのをきっかけに、休日には近所のスポーツクラブに通っていたが、パーキンソン病との診断を受けてから退会していた。

「パーキンソン病患者に運動は無理」という先入観があったのだ。

「もったいない。運動は病気を持っているからこそ、重要なんです」と主治医は背中を押してくれた。

僕は思った。フィットネスルームで運動している僕は、バリバリの現役記者から見れば、ただ遊んでいる気楽なオッサン記者なんだろうな、と。

それでもよかった。周囲に何と思われようと、少しでも体調を改善し、仕事ができる身体を取り戻したかった。

髙橋良輔・京都大学医学部附属病院脳神経内科診療科長は、著書で「薬物療法とリハビリテーションの両輪で、パーキンソン病と向き合っていこう」と呼びかける。

「まず、薬物療法によってよい状態が保たれれば、それによって体を動かすことも可能になる。そこでリハビリを行えば、相乗効果によって、さらに症状の改善を見込むことができる」

久しぶりの運動は気持ちよかった。マシンやダンベルを使った筋トレで筋肉痛も起きたが、体重は63キロ、65キロと少しずつ増えていった。

米国のパーキンソン病患者のビッグデータをもとにした京都大の研究では、初期の患者が中等度以上の運動を行うと、病気の進行が遅くなるという結果が出た。具体的には1週間に合計2時間程度の運動をするとよく、30分×4回など分けて行ってもOKだそうだ。

2018年に7年ぶりに改訂された日本神経学会の診療ガイドラインに、リハビリは「早期から進行期までどのステージにおいても有効性が高い」と明記された。

「素粒子」の出稿を終えた朝、数人の常連とともに、フィットネスルームでストレッチや軽い筋トレをするのが僕の日課になった。

僕は、乗り物に乗ると相変わらず起きるパニック症状も、なんとか克服したかった。昼会後は、なるべく部屋にこもらず、ＪＲや地下鉄に乗って外出することを心掛けた。歩く力を落とさないためのリハビリでもあった。

長くパーキンソン病治療に携わった故葛原茂樹・三重大学名誉教授は、運動の大切さを、専門誌の座談会で次のように語っている。

「パーキンソン病患者は、『75歳まで歩ければよい』と思っていた時代があったが、現在は80歳を超えても歩行が可能になった」「パーキンソン病でなくても高齢になれば一般的に認知機能は低下し、関節は曲がって、脚力も低下する。パーキンソン病患者はそれが健常者より加速された状態で発現するので、健常者以上に生活のなかで自発的に体を動かす習慣をつけなければならない」

（4）コロナ禍のなかで

服薬と運動――。僕の「車の両輪」がかみ合ってきたと感じたころ、巨大な衝撃が世界を襲った。

新型コロナ・パンデミックである。

この問題を僕が初めて「素粒子」に取り上げたのは2020年1月11日だった。

日本とも往来が多い中国・武漢で新型コロナウイルス。2009年の鳥インフルを教訓に、過度に恐れず警戒は怠らず。

余談だが、2004年に国内で鳥インフルエンザの発生が確認された当時、僕は首相官邸担当の政治部デスクだった。当時の木村伊量政治部長（後に社長）から「パンデミックは政治そのものだ。被写界深度の深い記事を書いてくれ」と指示され、戸惑った記憶がある。

今回のコロナ禍に直面して、木村さんの慧眼《けいがん》を改めて感じた。

論説委員室は2020年3月に在宅勤務が日常化し、毎日の昼会は、Teamsを通じたテレワークで行われるようになった。地下3階のフィットネスルームは「換気が悪い」ことを理由に閉鎖された。

ひとり自宅で「素粒子」を書く日々が始まった。

朝4時過ぎに起床し、必要な新聞をコンビニに買いに行き、原稿を書き、パソコン送稿し、刷り上がりをメールでチェック。午前11時からテレワークで昼会に加わる。

会社近くに借りた部屋はほとんど使わなくなった。2年の更新期を迎えたのを機に、2020年7月に解約した。

電車に乗りにくい僕にとって、テレワークで昼会に参加できるのはありがたかった。

一方で、昼会の前後に同僚の論説委員と雑談できなくなったのは残念だった。

その朝書いた「素粒子」が踏み込みすぎたり、逆に踏み込みが足りなかったりしていないか。そもそも、取り上げたテーマでいいのか。

さまざまな専門分野をもつ同僚との対話を通じてニュアンスを確かめる貴重な機会だったからだ。

第8章「家族」
病気は家族に、とりわけ配偶者に大きな負担となってのしかかる

(1) 俊美倒れる

2019年が明けて間もなく、次男が結婚相手を連れてきて、長男・長女夫婦をまじえた計8人で会食した。これで3人の子がそれぞれパートナーを得ることになった。

申し訳なかったのは、9月に沖縄であった2人の「フォト婚」に欠席したことだ。僕が参加しやすいようにと、わざわざ「素粒子」が非番の週の平日に設定してくれたのに、羽田－那覇の飛行機の旅に耐えられる自信が僕にはなかった。

行こうと思えば行けたかもしれない。けれど、現役である間は、仕事に穴を空ける恐れのある行為は避けるべきだ、という思いが強かった。沖縄には俊美がひとりで行ってくれたが、

悔いが残った。

良い知らせと悪い知らせが立て続けにやってきた。

良い方は2019年11月、長女に娘が誕生したことだ。僕と俊美夫婦にとっては、かわいい初孫である。

俊美は実家に迎えた娘と孫の世話にフル回転することになった。僕が「ミニ単身赴任」していた会社近くの部屋にはなかなか来られなくなった。

逆に僕が毎週末、自宅に戻るようになった。現金なもので、孫の顔を見るためなら、混んでいない電車にはひとりで乗れるようになった。孫娘は、生まれてすぐジィジのリハビリに協力してくれた、と言ったら「ジィジ馬鹿」だろうか。

悪いニュースは2020年1月末、関西の実家で暮らす父が心筋梗塞《こうそく》で倒れたことだ。受診したかかりつけの医師が自らマイカーで最寄りの病院に運び込んでくれたおかげで手当てが早かったのは幸いだったが、父の入院中、認知症の母とともに誰かが実家に泊まる必要が出てきた。

いつも両親の世話をしてくれている弟夫婦から「仕事の関係で2晩、応援を頼む」とSOSがあった。

本来なら、僕が行かねばならない。だが関西まで行き、泊まり込んで母とともに過ごす自信は僕にはなかった。

思いあぐねていると、「私が行く」と俊美が言ってくれた。「あなたは『素粒子』に専念して。お父さんはそれを一番喜ぶから」

僕は、その言葉に甘えてしまった。

2晩ほとんど寝られないまま、俊美は疲れ切って帰って来た。

恐れていた危機が、俊美を襲ったのは2カ月後だった。

4・6（月）俊美倒れる。昼すぎ。めまい、吐き気、胸痛で動けない。救急車で病院へ。

　　CT、心電図、血液異常なし。三半規管か

（僕の手帳から）

僕は119番に電話し、布団から立ち上がれない俊美を支え、救急車に同乗して病院に運び込んだ。

4・7（火）俊美、一日中横になっている
4・8（水）俊美ややまし。午後、耳鼻咽喉科へ。三半規管の異常のよう。加療2週間
4・9（木）俊美まだ本復せず。横になっている
4・10（金）俊美相変わらずしんどそう。頭痛、めまい、十分寝られず
（同）

6日間、俊美は自宅で寝込んだ。
病気の僕が負担をかけているうえに、出産直後の娘と孫の世話も重なって俊美を追い詰めてしまった。これ以上、無理はさせられない。
ふだんは元気そうに見えるが、俊美はそれほど頑健ではない。

長男が赤ん坊のころ、風邪をひいた俊美は、母乳をあげられなくなる、と薬を飲まずに我慢に我慢を重ねて倒れ、救急車で病院に運ばれたことがあった。

当時、僕は一人勤務の大阪社会部・岸和田通信局長だった。俊美と長男の3人で岸和田市役所に近い局舎に住んでいた。僕は大阪・中之島の本社に上がっていて何もできず、俊美の母と市役所の方々にお世話になった。

俊美にはいつも助けてもらってばかりだ。こんどこそ僕自身が夫の役割を果たさねばならない、と強く思った。

けれど上手《うわて》なのは結局、俊美の方だった。

僕は後に、俊美が運び込まれた病院の看護師さんにこう聞かされた。

「奥さんが何度も何度も『夫は病気なので無理をさせないでください』とおっしゃっていましたよ」

病気は、本人だけでなく、家族に、とりわけ配偶者に大きな負担となってのしかかる。頭ではわかっていたはずだった。でも僕は、心の底からわかってはいなかった。

(2) 自分自身の限界

2021年6月、両親は弟の奔走もあって、実家に近い介護付き老人ホームにともに入居した。多くを語ることなく、両親の世話を引き受けてくれている弟夫婦には感謝の言葉しかない。

新型コロナ患者数の減少を見計らって、僕と俊美がホームを見舞うことができたのは退社後の2021年11月のことになる。

車いすに乗って現れた母は、自分に「順一郎」という息子がいることは覚えているようだった。しかし、目の前に現れたくたびれた男(僕のこと)がその「順一郎」だと理解しているのかどうか、僕にはよくわからなかった。

結果として、これが母との最後の面会になった。

二年ぶりの母は車いす父は歩行器我もまた杖を突き
（以降の短歌は、僕が退職後に詠んだものです）

2022年10月、「軽い肺炎」だとして入院した母は、心臓から腎臓、肝臓へと状態の悪化が広がっていった。12月9日に個室に移り、12日には「あと2〜3日」と医師に告げられていた。

僕は主治医の診察を13日に控えていた。この診察で、レボドパ（マドパー）をはじめ各種の薬を処方してもらわなければ遠出は難しかった。11月6日の尿失禁（第4章の冒頭で触れました）後、初めて主治医にみてもらう診察でもあった。

診察で、主治医は僕と俊美の説明に耳を傾け、こう言った。
「マドパーの量はまだ増やす余地はありますが、恵村さんの年齢（が61歳で比較的若いこと）を考えて、ここは別の薬を試してみましょう」

そして処方されたのがゾニサミド（商品名トレリーフ）である。

もともとてんかんの薬だったゾニサミドが、パーキンソン病薬として認可されたのは２００９年のことだ。

ある医師が、てんかんの発作を起こしたパーキンソン病患者にゾニサミドを投与した。すると驚くべき効果があった。無動や前傾姿勢などパーキンソン病の運動症状が改善したのだ。１カ月後には入浴やトイレもほぼ介助なしでできるようになったという。

その後の研究で、「レボドパがよく効き、かつウェアリング・オフがある」患者が、レボドパなど抗パーキンソン病薬に加えて少量のゾニサミドを使うと、運動症状やウェアリング・オフが改善することがわかった。

ゾニサミドは、ドパミンを合成する神経伝達物質のチロシンに作用する「チロシン水酸化酵素」の働きを増強し、ドパミンの合成を促す効果をもつという。さらに、合成されたドパミンを分解する酵素の働きも阻害するとされる。

僕が主治医の診察を受けた12月13日の夜、母は永眠した。86歳だった。

亡くなる直前、父と弟夫婦が携帯電話を母の耳に近づけてくれた。僕が「行けなくてごめんね」と語りかけると、バイタルの数値が上昇したという。

翌朝から飲み始めたゾニサミド（トレリーフ）は、ありがたいことに僕にはすぐに効果が実感できた。体調は日を追うごとに改善し、関西への往復にも自信が持てた。

近しい親族11人による小さな家族葬が17日に実家に近い葬儀場で営まれた。僕が参列できたのは、この薬と主治医のおかげである。

念のために、使い捨て用おむつ（詳しくは第9章で報告しますが、退社前後の2度目のパニックの時に使い残したもの）も持参したが、使うことはなかった。

僕と俊美は行き帰りとも東海道新幹線の多目的室（個室）を借りた。国内を走る新幹線には原則としてひとつずつ設置されている。東海道新幹線では、乗車駅に電話で予約を取れば、追加料金がかからず利用できる。

椅子を倒せばベッドとして使える。じっと座っているのがつらい僕にとって、人目を気にせず横になれるのは大いにありがたかった。

この時は空きがなかったが、旅行などで宿泊するホテルでは、僕はなるべくユニバーサルルーム（障害の有無にかかわらず、すべての人が活用しやすい部屋。アクセシブルルームやバリアフリールームと呼ぶ場合もあります）を探して泊まることにしている。

バリアフリー法により、客室数に応じて一定数の設置が義務付けられている。2021年に開催された東京五輪・パラリンピックに向けて基準が厳しくなり、入り口やトイレ、風呂が広い、段差がない、手すりがあるなど使いやすくなっている。

また、一般の客室とユニバーサルルームを問わず、風呂の椅子や滑り止め、トイレの手すりなども貸し出してくれるホテルや旅館が増えている（というのが僕の実感です）。東京五輪・パラリンピック効果かもしれない。椅子があるだけで、格段に風呂に入りやすくなる方は多いと思う（ホテル側はぜひ備えてほしいし、客の側もどんどんホテルに要求して、需要があることをホテル側に認識してもらいましょう）。

時計の針を約2年分、巻き戻す。

米時間の2021年1月6日、米連邦議会議事堂を多数の暴徒が襲撃する事件があった。暴徒はトランプ前大統領の支持者らで、議会機能が一時喪失し、警察官らに死傷者が出た。暴徒はトランプ氏が敗れた2020年の大統領選に「選挙不正があった」と訴えた。

トランプ氏は「選挙の勝利は極左の民主党の連中によって盗まれ、さらにフェイクニュースのメディアによっても盗まれた」「この後、みんなで議事堂へ行こう。俺もいっしょに行く」と支持者を鼓舞する演説をしていた（２０２２年12月に公表された米下院特別委員会の報告書は、事件の一義的な責任がトランプ氏にあったと結論付けた）。

その日の論説委員室の昼会では、民主主義の価値を重んじる米国で起きた民主主義の危機に、議論が沸騰した。ワシントンの米国総局長やニューヨーク支局長を歴任した立野純二論説主幹代理は「これは世界史の年表に太字で書き残される重要な事件だ」と総括した。その確かな視点に、僕は改めて感服した。

同時に、僕自身の限界を強く感じさせられた出来事でもあった。

僕は、この大きなニュースを速報で知っていながら、「素粒子」で取り上げようとしなかったのだ。その日の「素粒子」はすでに書きあげてあった。しかしそれは白紙に戻し、何よりもこの事件について書くべきだった。

敵対感情をあおる非民主的な大統領が、民主的な選挙で選ばれる皮肉。民主的な選挙結果を暴力で覆そうとする騒乱が、民主主義の範とされる米国で起きてしまった皮肉。

僕は翌日の「素粒子」にこう書いたが、1日遅れでは間の抜けた感は否めない。

既に述べた通り、パーキンソン病と診断された2016年8月、僕は根本論説主幹に「副主幹が務まらないと思ったら、交代させてください」と進退を委ねていた。

2018年4月に僕が副主幹から「素粒子」筆者に転じたのは根本主幹の判断による。

今度は、僕が自分自身で決断しなければならない。

第9章「退社」
希望退職に応じることを、僕は決めた

朝日新聞社が募った2020年度の希望退職に応じることを、僕は決めた。

退職は2021年4月30日に還暦を迎えた後の5月31日付となった。

病気の僕に「素粒子」筆者の仕事を担わせてくれた根本論説主幹には面談の時間をとってもらい、感謝とおわびの思いを伝えた。

自ら退職を決めた理由はいくつかあった。

▽パーキンソン病と診断されて、2021年春で4年半になる。薬物治療で症状が安定しやすい発症後3~5年の「ハネムーン期」が過ぎつつあること。

▽僕が仕事を続ければ、妻の俊美に過度の負担をかけること。
▽そして、第1次、第2次を通じて僕が政策や政治姿勢を批判してきた安倍晋三政権が2020年9月に幕を閉じたことだ。
退陣の理由は、持病の潰瘍《かいよう》性大腸炎の悪化と説明された。だが、それだけではなかった。

「1強」の数の力を背景に、国民主権、法治主義、三権分立、議会中心主義といった民主政治の基本原則を無視する。言うことを聞かない官僚のクビをすげ替えることによって官僚機構を操り、権力を恣意的に行使する。森友・加計問題や「桜を見る会」などの疑惑に説明責任を果たさない。

そんな安倍流「強権政治」の脆弱さを白日の下にさらしたのがコロナ・パンデミックだった。「1強」の強面《こわもて》が通じないコロナ禍には場当たり的対応をくり返すばかり。国民の生命と財産を守るという政治の使命を果たし得なかった。

口の端にかけておしまい説明責任口利き疑惑もモリカケサクラも

ポスト安倍レースが本格化した8月31日の「素粒子」に僕はこう書いた。

国会議員なら誰もが夢見る首相の椅子。だが、胸に手を当てて自身に問うてほしい。

◎

コロナ禍、少子高齢化、経済・財政危機、萎縮する同盟国・米国と台頭する中国。難問山積の日本の舵《かじ》を取る準備と器量が自分にあるか、と。

そして7年8カ月の安倍政治が顧みなかった国民との対話の回路をいかに結び直し、信頼関係を取り戻すか。その任を自らが果たしうるかを。

しかし後継の菅義偉首相の耳には届かなかったようである。菅氏もまた、2021年10月、約1年で政権を投げ出した。

2021年5月末の退職を前に、僕はまたもパニックに直面していた。

レボドパの効果が次の服用までもたず、身体がこわばり、動きが鈍くなる。

薬の効き目が切れたOFFの状態で、トイレの便座や風呂の椅子に座ると立ち上がれない。

浴槽に入ると外に出られなくなる。

就寝中、寝返りが打てない。夜中に尿意を催しても、ベッドから降りられない。

その都度、俊美に助けを求めたが、このままではいずれ俊美が疲れ切ってしまう。やむなく使い捨ての紙おむつや尿漏れ用パンツを穿いて寝るようにした。

「あしたの『素粒子』は坪井さんに代わってもらおうか……」

僕は何度か俊美に弱気を漏らした。そのたびに俊美は「何言ってるの！　あとちょっとで最後じゃないの！」と声を強めて励ましてくれた。

この時は主治医の2つの処置のおかげで、1カ月半ほどで危機は去った。
▽ひとつは薬効の切れ目をなくすため、レボドパを①午前6時②10時③正午④午後4時⑤7時の1日5回に分けて服用するようにしたこと。
▽もうひとつは、2020年9月から毎食後に服用してきたエンタカポン（商品名コムタン、血液中のレボドパが酵素によって分解されるのを防ぐCOMT阻害薬、1日3回毎食後

服用）が僕には効果が高いと判断。2021年6月から、同じCOMT阻害薬で、1日1回服用の新薬オピカポン（商品名オンジェンティス）を処方してくれたことだ。

オンジェンティスは2020年8月に国内販売が始まったばかり。当時は2週間ごとに病院に通い、処方箋を書いてもらう必要があったが、主治医の見立て通り、この新薬は僕に合っていたようだ。多種多量の薬を飲み続けなければならないパーキンソン病患者には、1日1回の服用で済むのは大いにありがたい。

OFFの時間は少しずつ短くなっていった。やがて普通のパンツで眠れるようになった。

ここで紙おむつについて一言。

僕の場合、まず紙おむつの「お試しセット」を数種類、俊美に買ってきてもらった。試してみて穿き心地が一番しっくりくるのに決め、ドラッグストアに袋入りを買いに行った。次いでスーパーの介護用品売り場で尿漏れ用パンツを購入した。

ドラッグストアで驚いたのは、大人用おむつ売り場が、乳幼児用のそれと同程度の広さをもつことだ。

それもそのはずである。お年寄りはますます増えるのに、乳幼児は減る一方だ。

経済誌によると、大手紙おむつメーカーの調べで、紙おむつの国内市場規模は2012年に子ども用1390億円、大人用1590億円と大人用が子ども用を追い抜いたという。これも超少子高齢化社会のひとつの断面なのだろう。

朝日歌壇に〈侍を応援のため初めての紙オムツしてドームに向かう〉（松本秀男）とあった。東京ドームへWBC（ワールド・ベースボール・クラシック）の応援に出かけた場面なのだろう。

僕の場合は否応なしに紙おむつに頼らざるを得なかったが、元SMAPの草彅剛さんのCMのように、大人用紙おむつを恥ずかしがらずに気軽に使える社会になればいいと思う。

これまで僕は4度の大きな悪化を経験してきた。

▽2015年3月　報道ステーションのコメンテーターから新聞の仕事に戻るとき
▽2018年4月　論説副主幹から「素粒子」筆者に変わるとき
▽2021年5月　退社の前後
▽2022年12月　母が亡くなるとき

僕の場合、人生や仕事の節目に立った時が「要注意」だと思える。知らず知らずのうちに心身に緊張やひずみがたまるのかもしれない。

これからも、僕は同じような危機に何度も見舞われるのだろう。

そのたびに俊美や主治医、介護支援専門員（ケアマネジャー）をはじめ、多くの人にお世話になるに違いない。2022年11月の尿失禁後に処方されたゾニサミド（トレリーフ）のような薬、オンジェンティスのような新薬、あるいは治療法にも。

退職を前に、長年お世話になりっぱなしだった朝日新聞社の5期上の先輩、星浩さんに時間をとってもらい、俊美と共に挨拶をした。朝日新聞を退社後、TBS「NEWS23」のメーンキャスターを経て、TBSスペシャル・コメンテーターを務める星さんが、驚いたことにこう語るのだ。

「今日は朝6時まで朝日新聞デジタルの『論座』の原稿を書いていたんだ。デジタルなら紙の媒体とは違って幅広い題材が、自由に、いくらでも書ける。君もゆっくり休んでから、何か書くといいよ」

深夜のテレビ出演でへとへとに疲れた後、原稿を書く。そのしんどさは僕にも想像できる。それを超える「書きたい」という強い意欲が星さんにはある。そのことが僕にはまぶしく、うらやましかった。

退職後、僕はスマホとパソコンを買い、長男夫婦にメールとＬＩＮＥが使えるようにしてもらった。これまで俊美と３人の子どもがつながっていたＬＩＮＥに、僕も加わった。俊美もタブレットを更新し、こちらは次男が開通してくれた。

これで社会と、人々とつながれる。そんな時代に、僕たちは生きている。

２０２１年５月１日。僕の最後の「素粒子」。

まさか。予想外の失業率低下。統計の裏に、職探しを断念する人が増えた現実あり。

◎

「日給10万円超」の求人、医師らに。背景に、ワクチン集団接種の打ち手不足あり。

◎

コロナ下、２年目のＧＷ。帰省や行楽はままならぬが、心に風を、光を。少しでも。

◇

今回で◎の小欄は千秋楽。残る×を、どうぞご贔屓《ひいき》に。

改行後にはさむ記号を、僕は「◎」、相方の坪井さんは「×」としていた。どちらが筆者か、区別できるようにするためだ。

最後の「素粒子」で坪井さんひとりに筆者を託し、僕は朝日新聞記者としての仕事を終えた。

65歳の定年まで5年間、大好きな朝日新聞で書き続ける。チャンスがある以上、無理をしてでも続けるべきではなかったか。そう思う自分はいまでもいる。

同時に、客観的な評価は横に置き、記者としての37年間に悔いはない。そう思う自分もいる。

寂しさを感じるのは、病院への行き帰りなど、歩行器を押して街を歩いていて、急ぎ足のサラリーマンらとすれ違ったり、追い抜かれたりした時である。

「ああ、俺は病気になってしまったんだなあ」という哀しみが胸の底から湧き上がる。

オンライン会議で別れの挨拶を三十七年勤めし社退く

第10章「報道の使命」
もし朝日新聞がなかったら

僕にとって、「朝日新聞」とは何なのだろう。退職後、そのことをよく考える。

実家では長年、朝日新聞を購読していた。その意味では、物心ついた時から「新聞＝朝日新聞」だった。

けれど、大学の下宿先では新聞をとっていなかった。授業にもろくすっぽ出ず、早朝にあるソフトボール部の練習を終えると、古本屋で安く仕入れた文庫本を片っ端から読んで過ごした。当時の京都大学は最低限の授業にしか出ない僕のような学生にも単位を与え、卒業させてくれる。そんな温かさと自由な雰囲気に満ちていた。

自堕落この上ない大学生活を謳歌していた僕は、就職活動を前にして、ふと立ち止まった。これから一生、何を目標に生きていくべきか、と。

父は銀行員だった。わずかな金額が合わなかったと言って、深夜、疲れ切って帰宅する姿を見ていて、金融機関は大変だなと思った。商社やメーカーで会社を儲けさせるために、あるいは出世のためにひたすら働くのも僕には合わないと感じた。いまさら公務員や法曹の道に進むには試験準備が間に合わない。

縁故はない。卒業はさせてくれても、さすがに大学の成績は地を這うように低い。成績がモノを言う企業には入れてもらえそうもない。

そこまで考えて突然ひらめいた。そうだ、新聞記者がある、と。

文章を書いて、それを読んでもらって、給料がもらえる。最高じゃないか。

そう気づいた時には、マスコミ志望者を青田刈りするのが主な目的のセミナーの類はすべて終わっていた。入社試験一本に賭けるしかない。

幸い、真っ先に読売の東京本社の内定が出た。朝日の面接は翌日に決まった。

「同業他社も受験していますか？」

朝日の最終面接でベテランの面接官にそう聞かれた。正直に「読売に内定をもらっています」と答えたら、いきなり怒鳴られた。

「君は、一生働く会社が朝日でも読売でもどっちでもいいと言うのか！」

僕は懸命に反論した。「一生の問題だからこそ、受けられる限りの社を受けるのは当然じゃないでしょうか」

そう言いながら、こう思った。「こりゃダメだ、落ちたな」と。

けれど、2日ほどしてその朝日から「内定」の連絡が届いた。どうやら、怒らせて反応を見る面接の手法のひとつだったようだ。

僕はできれば朝日に行きたかったが、最終面接のイメージがあまりに悪かった。読売に行こうかなと両親に報告すると、どうやら朝日に行ってほしそうだ。

読売には東京本社で社史をもらい、うなぎをごちそうになって内定の握手を交わしていたが、断りの電話を入れた。「で、どこに行くの？」と聞かれたので、「朝日です」と言うと「あ、そう。じゃ、社史は送り返してね」とあっさりしたものだった。

1980年代のはじめ、携帯電話もパソコンもインターネットもない時代、家庭で新聞をとるのが当たり前、満員の通勤電車で多くの人が新聞を開いていたころの話である。

40年も前のこんな昔話を長々と書いたのは、僕が読売でなく朝日に入社したのは、紙一重の差だったことを伝えたかったからだ。

読売でも朝日でもいい、どちらかというと朝日かな――。そんなノリで朝日新聞記者になった僕だが、朝日を選んで本当に良かった。いまはつくづくそう思う。

読売に入っていたら、もっと早く退職していただろう。そう感じた瞬間は2度や3度ではない。

近年では、集団的自衛権の行使を条件付きで容認する閣議決定（2014年）や、安全保障関連法の成立（2015年）に読売が賛成した時がそうだった。

また1992年以降、読売が改憲試案や安全保障基本法案を相次いで発表。憲法9条を改変し、日本を「軍隊」を持つ国に変えていく意図をあらわにした時もそうだった。

もちろん読売にも僕が太刀打ちできないような優れた記者は多い。一線の記者だったころ、読売にはよく特ダネを抜かれたものだ。

読売記者といっても、日本が「軍隊」を持つことに、みんながみんな賛成しているわけではない。以前、読売の記者と2人で話していて「うちの社論にはついていけない」という悩みや愚痴を聞かされたことがある。

忘れられないのは2007年秋の「大連立工作」である。読売グループのドンと言われる本社会長・主筆の渡邉恒雄氏が、福田康夫首相と最大野党・民主党の小沢一郎代表を仲介した事実が後に明るみに出た。

夏の参院選で民主党が初めて参院第1党に躍り出ていた。遠からず行われる解散・総選挙でいよいよ政権交代が問われる。国民のほとんどがそう信じていた時期である。2度にわたる福田－小沢会談で合意された「大連立」はいかにも唐突だった。

小沢氏が民主党内に諮《はか》った「大連立」が拒まれたのは当然の帰結だった。

派閥内の権力争いの果てではあった。それでも「政治改革」を旗印に自民党最大派閥を割って出て、衆院への小選挙区制導入を主導し、もうひとつの政権の受け皿を作りあげ、政権交代まで「あと一歩」のところまでこぎつけた立役者は小沢氏自身だった。

小沢氏は著書『日本改造計画』で目指すべき政治体制についてこう述べている。

「国民によって民主主義的に権力を付託された者が、責任を持って決断できる体制にしなければならない」「はっきりしない権力がだらだらと永続するのではなく、形のはっきりした権力が一定期間責任を持って政治を行う」

しかし選挙という国民の選択を経ることなく、最大与党と最大野党がなれあいで権力を共有する――。大連立こそ、小沢氏が批判してきた「責任の所在がはっきりしない、だらだらした権力」の典型ではないのか。

僕は「『連立』打診 甘い誘惑にご用心」という社説を書いた。

大連立を頭から否定する気はないが、民主党が自民党との勝負をせず、いまの時点で政権入りの甘い誘惑に負け、大連立に走るとなれば国民への背信だ――。そう主張した。

一方、読売の社説は「党首会談 政策実現へ『大連立』へ踏み出せ」と前のめりだった。大連立を選択肢から排除することは、責任政党の取る姿勢ではない、と民主党内の大連立反対論を批判した。

それだけではない。読売は参院選で自民党が大敗して以降、社説で「大連立」の勧めを再三説いてきた。なかでも8月16日には1本社説（重視するテーマで通常の2本分のスペースを使って書く大型社説）を掲げている。「大連立 民主党も『政権責任』を分担せよ」と題して、「民主党にとっても、政策理念を現実の施策として生かす上で、大連立は検討に値する」とした。

渡邉氏は回顧録で、憲法改正試案に関連してこう述べている。

「我々の最大の武器は、一〇〇〇万部行き渡っている紙面なんだ。そこに我々の主張を掲げられる。これだけの武器を持っているんだから善用しなければ」

「大連立」であれ改憲であれ、報道機関や新聞記者が自らの主張として「政治はかくあるべし」と主張するのは自由である。

しかし最大部数を誇る新聞社のドンが時の政治権力と一体化し、黒幕よろしく与野党第一党同士の連立工作の糸を引くとは……。報道機関の権力からの独立も、権力を監視する報道の使命もあったものではない。

そして読売の社説は、そのための「道具」に使われているように見えてならない。

日本新聞協会の「新聞倫理綱領」は次のようにうたう。

〈国民の「知る権利」は（中略）、言論・表現の自由のもと、高い倫理意識を備え、あらゆる権力から独立したメディアが存在して初めて保障される。新聞はそれにもっともふさわし

い担い手であり続けたい〉
〈新聞は公正な言論のために独立を確保する。あらゆる勢力からの干渉を排するとともに、利用されないよう自戒しなければならない〉
この綱領は渡邉氏が新聞協会長を務めていた2000年につくられた。渡邉氏自身が、主導した大連立工作と、どう整合するというのだろう。
朝日新聞には、よく似た趣旨の「朝日新聞綱領」がある。先の大戦の開戦から戦時中を通じて軍部に協力し、言論・報道の重責を担い得なかったことを反省し、1952年に制定したものだ。次の4項目からなる。

一、不偏不党の地に立って言論の自由を貫き、民主国家の完成と世界平和の確立に寄与す。
一、正義人道に基いて国民の幸福に献身し、一切の不法と暴力を排して腐敗と闘う。
一、真実を公正敏速に報道し、評論は進歩的精神を持してその中正を期す。
一、常に寛容の心を忘れず、品位と責任を重んじ、清新にして重厚の風をたつとぶ。

かつて社員に配布されていた手帳にも、この綱領は記されていた。

折に触れて社内でひもとかれるこの綱領を、正直に言えば一線の記者時代の僕は読み飛ばしていた。ルールにしては厳密さを欠き、罰則があるわけでもない。線引きはひとりひとりで考えろ。そう言われているようで、つかみどころがないと感じていたからだ。綱領の意味を、僕が真面目に考えるようになったのは論説委員になって以降のことだ。

1962年度の新入社員に、当時の論説主幹・笠《りゅう》信太郎が語った解説が『朝日新聞社史・昭和戦後編』に残されている。やや長いが、抜粋しつつ引用する。

〈現在は戦前と違って新聞は言論の自由をもっているが、それは、じつはわれわれ自身の力で作ったものじゃない、与えられたものであり、手放しに楽観はできない。言論の自由を貫きとおすには、われわれ自身がよほどその言論に責任をもたなければいけない〉

〈中正とは、できるかぎり自由な立場で物を見ていく、いいかえると一つの問題を、こちらからも見、あちらからも見る、下からも、上からも見る、あらゆる角度から検討する。そのうえでの一つの結論ということだ。左翼的とか右翼的とか中間的とか、そういうことではない。きわめて自由な人間が、自由な頭で問題を検討し、ディスカッションし、努力を傾倒して結論が出た場合に、はじめて中正ないしは中正に近いということができよう〉

〈不偏不党――インデペンデントということは、政党に属さない、政府に依存しない、財閥とか、ひいき筋とかに依存しないという意味にちがいないが、思想的にもなんらかの固定したアイデアにくっつかない、固定したアイデアに依存しないということだ〉

「中正」も「不偏不党」も一夕一朝に実行できるものではない。不断の努力の上にしか実現できない。だからこそ僕が長く所属した朝日新聞論説委員室は、平日は毎日全員が参加する討議の場である「昼会」を開く。そこで、きょうの社説のテーマは何か、どういう内容にするのか、筆者は誰かを話し合い、その結論には全員が従う。

論説主幹が筆を執る社説であっても例外ではない。主幹が書くとなるとかえって議論に気合が入り、辛辣な意見が多く出るほどだ。社説以外でも論説委員全員にかかわるテーマでは全員参加の会議を開き、合意が得られるまで話し合う。そんな伝統を愚直に、丁寧に守り続けている。昼会はコロナ禍のもとでもTeamsを通じて欠かさず続けられた。

新聞社内の特定の人物が、社論をこうせよ、ああせよと指示するようなことは、朝日新聞では起こり得ない。仮にそんな指示があったとしても、昼会の議論で却下されるに違いない。自ら仕掛けた政界工作を正当化したり後押ししたりする道具に社説が使われるようなことも、朝日ではあり得ない。

渡邉氏は論説委員長（朝日の論説主幹に相当する）を務めていた1986年、時の中曽根康弘首相に「死んだふり解散」のシナリオを記した「建白書」を手渡したと回顧録で明かすなど政治力を誇示してきた。朝日の若宮元論説主幹は著書『闘う社説』でこの件に触れ、「我々は政治と一体化しての言論を厳に戒めている」と述べている。


この日本に、もし朝日新聞がなかったら……。

そう思うと背筋が寒くなる。


第2次安倍政権のもとで、新聞各社は政権をほぼ全面支持する「読売・日経・産経」と、政権に批判的な立場をとることが多い「朝日・毎日・東京」に二分された。後者の3社のなかでは朝日の部数が最も多い。

「朝日・毎日・東京」がいかに問題点を指摘しようと、国会で多数を占める政権は「読売・日経・産経」の支持を支えに押し通していく。事実、集団的自衛権の一部行使容認を含む安全保障法制、特定秘密保護法などがそのようにして成立していった。

残念ながら影響力は限られる。それでも「朝日・毎日・東京」が反対した事実と指摘した論点は残る。新聞の論調が二分するなかを政権が押し切ったことも、歴史に刻まれる。そのことは、法の制定過程で少しでもゆがみを正すとともに、運用時に政権の手足を縛る効果を持つだろう。

思い浮かぶ場面がある。2017年5月8日の衆院予算委員会。安倍首相が野党議員に改憲について問われ、「自民党総裁としての考え方は相当詳しく読売新聞に書いてあるので、ぜひそれを熟読してもらってもいい」と答弁したのだ。その5日前の憲法記念日、読売は安倍氏に憲法改正論を聞くインタビューを掲載していた。1面トップに「憲法改正　20年施行目標」の大見出しが躍る。安倍氏の頭のなかでは読売と政権が一体化し、読売は自身の宣伝媒体か、自民党の機関紙に近かったのではないか。

時の政府と報道機関が一体化することの弊害は大きい。政府に都合のいいことは大きく書き、都合の悪いことは書かないか、小さく書く。もしそんな報道機関があるとしたらジャーナリズムを名乗る資格はない。

政府と報道機関の関係でたびたび指摘されながら、いっこうに改善されない問題がある。政府や自治体の審議会や諮問機関のメンバーに、大勢のマスコミ関係者が参加していることである。政策決定過程で政府や自治体と報道機関が一体化していて、権力監視の役割が果たせるとは思えない。

これに関して朝日新聞は記者行動基準で「朝日新聞の報道の公正さや中立性に疑念を抱かれる恐れがあるため、独断で引き受けずに、必ず社の承認を得る」と定めている。つまり禁じているわけではない。残念である。

発行部数は読売が朝日よりはるかに多い。それでも、朝日新聞が存在する意味は大きい。もし朝日新聞がなかったら、新聞界が読売を中心にした大政翼賛会的なものと化す可能性は否定できない。

仮に巨大部数を誇る大新聞の権力者が支持する政党や政権に、失政やスキャンダルが起きたとしよう。ライバル紙に力がなければ、問題は闇に葬られ、国民の目から隠蔽される可能性も出てくる。国民の「知る権利」の危機である。

そんな日本は見たくない。

第11章『左偏向』攻撃」
朝日新聞はなぜ「右」から敵視されるのか

振り返ればそれが、僕が最初に受けたネットバッシングの「洗礼」だった。

「おい、君やられてるぞ。ネット見たか」

廊下ですれ違った同期が声をかけてきた。

慌ててネットをのぞく。いくつかの書き込みが、僕の署名入りの夕刊コラム「窓」を取り上げ、「お前が言うな！」と罵《ののし》っていた。

こんな経緯があった。

2006年1月5日の朝日新聞社説のなかに、前年の小泉首相の靖国神社参拝について「全国の新聞のほとんどが参拝を止めるよう求めている」というくだりがあった。これに対し、翌6日の産経新聞の1面コラム「産経抄」が、今や朝日の言説にほとんどの「新聞」や

「言論人」が肯《うなず》く時代ではない、とし、「誤植ではないか」と斬りつけてきたのだ。

僕は7日の朝日新聞夕刊コラム「窓」で、日本新聞協会の調べをもとに、全国48紙の社説では「反対」論が圧倒的だったという事実を紹介した。「聞く耳を持たぬ危うさ」（北海道新聞）、「憲法、外交感覚を疑う」（高知新聞）といった具合で、もろ手をあげて支持したのは産経だけだった。

「産経の1面を飾る名物コラムである。正論も辛口もいいが、事実だけは正確にお願いしたい」としたうえで、「それとも、誤植だったのでしょうか」とお返しした。

この応酬が「朝日vs産経」のバトルとしてネット上で右派の注目を集めたようだ。

「お前が言うな！」という罵声は、「事実だけは正確にお願いしたい」という僕の指摘に激しく反応したものだった。

書き込みに共通するのは、事実関係を誤った産経は批判せず、朝日だけをたたいていたことだ。

やがてネット上の「百科事典」の僕の項目に、「天皇制廃止がライフワーク」「中国、韓国における反日デモはすべて日本側の責任としている」「在日朝鮮人は日本政府に強制連行されたとしている」といった事実と異なる記述が書き込まれた。出自に関する誤った記載もあった。

ソーシャルメディアを通じた情報発信が可能になるのは2000年代に入ってからだ。

これには善悪両面があった。誰もが容易に情報の送り手になれるのは良い側面だろう。半面、一方的な主張や虚報、うわさ、いたずらの類《たぐい》までネット上で一気に拡散するようになった。それは悪い側面といえよう。

僕が直面した「左偏向」攻撃は後者の典型である。

それにしても、この記事が右派のターゲットになったことには面食らった。

前提に右派が求める首相の靖国参拝に対する批判があるにせよ、僕が「窓」で指摘した（あるいは、からかった）のは、「産経抄」の事実認定の甘さに尽きる。

それなのに、求めていた「敵」を見つけたとばかりにネットを通じてのしかかってくるようなバッシングの得体の知れぬ恐ろしさを、僕は感じた。

「報ステ」出演中もバッシングは続いた。

「反日」「左翼」のレッテルを張る。「鬼畜」「売国奴」と罵る。なかには番組スポンサー名を列挙したうえで、テレビ局社員の時間を奪うために、「どういう意図でスポンサードしてるのか」をみんなで問い合わせよう――と一斉行動を呼びかけるサイトも現れた。

僕は朝日新聞も、僕自身も「反日」「左翼」だとは思っていない。もちろん日本という国や国民を愛しているし、朝日新聞綱領がうたうように、「不偏不党」で「中正」でありたいと考えている。

冷戦が終わって久しいいま、「右」だの「左」だのというレッテル張りは意味を持たない。政治に左右の軸があるとすれば、安倍政権が全体を大きく右に引っ張ったがために、相対的に左の部分が空き、朝日新聞がその主《あるじ》であるかのように見えるだけである。政治の軸は、敵基地攻撃能力の保有に踏み出すなど、岸田政権下でもさらに右へと動き続けている。

だとすれば、と僕は思う。「左翼」のレッテルも結構ではないか、と。

少なくとも、日本の過去の歴史に向き合おうとする者を罵り、「美しい国」日本をひたすら称揚・賛美する――右派＝歴史修正主義者と言われるよりよほどいい。

僕が受けてきたバッシングは、まだささやかな方である。

たとえば①慰安婦問題をめぐる故吉田清治氏の虚偽証言報道②東京電力福島第一原発事故をめぐる故吉田昌郎所長の調書報道③池上彰さんのコラム不掲載問題――で社長辞任に至った2014年には、朝日新聞に対して「国賊」「売国奴」「非国民」「反日」といった暴言がネットのほか、雑誌や一部新聞でも洪水のようにあふれた。

社にとどまらず、記者個人もターゲットにされた。僕の2期上の先輩記者、植村隆氏は早い段階で慰安婦問題を報じたがために、いわれのない「捏造《ねつぞう》」のレッテルを張られた。いやがらせや脅迫は家族や大学の職場にまで及んだ。

朝日新聞だって失敗をする。読売も失敗する。産経など他の新聞も同じように失敗する。けれども、その失敗がことさら大きく取り上げられ、厳しく批判されるのは朝日である。朝日にはそれだけ慎重で丁寧な言動が求められる。

それにしても、朝日新聞は、あるいは朝日新聞記者は、どうしてバッシングの対象になるのだろう。

朝日新聞の先輩記者の一人、上丸《じょうまる》洋一・元編集委員の労作『「諸君!」「正論」の研究』からの孫引きになるが、以下のインタビューがわかりやすい。

右派系雑誌の中心的な存在だった月刊誌「諸君!」（1969年創刊、2009年休刊）を発行する文藝春秋の田中健五社長（当時）は92年10月9日付の朝日新聞でこう語っている。

「朝日にからむのは、朝日が『第四権力』の右代表だからなんだ。部数は読売に抜かれても、相変わらず朝日が『ザ・ペーパー』であることには変わりない。戦後民主主義社会の中にあって、朝日はいつも『建前』や『顕教』の立場からモノを言ってきた。（略）雑誌から見ると、朝日にはかっこよすぎる所がある」

「第四権力」とはここでは行政・立法・司法に次ぐ第4の権力としての報道＝マスメディアを指す。

田中氏が言うように、朝日の発行部数は読売に大きく水をあけられている。

それでも「日本を代表する新聞」は読売ではなく、朝日だ――。朝日はそんな自負を持ち、たぶん多くの人がそれを認めてくれてきた。好むと好まざるとにかかわらず、である。そして右派が嫌う戦後民主主義を表象する存在のひとつでもある。

それだけに、どこか偉そうにふんぞり返っているような印象を持たれがちなことも事実だろう。

世の中を覆う閉塞感がそのうえに積み重なる。なにか目立つもの、気に入らないものをバッシングのターゲットとし、日ごろの鬱憤《うっぷん》を晴らしたい――そんな病的な時代の風潮が感じられてならない。

もうひとつ、見逃せない要素がある。

朝日批判をすれば雑誌は売れる。出口の見えない出版不況のもとで、朝日批判は右派系雑誌の安定した収入源なのだ。けれど刺激が弱くなれば売れ行きは鈍る。売るためには威勢がよく、面白くなければならない。だからこそ、朝日批判はどんどん過激に、敵対的に、喧嘩腰に、エスカレートしていったのではないか。

朝日新聞批判を売り物とする右派系雑誌には「諸君！」のほかに、産経新聞が73年に出した「正論」、さらにPHP研究所が77年に発刊した「Ｖｏｉｃｅ」、かなり間が開くが、2005年創刊の「ＷｉＬＬ」（ワック）が続く。

上丸氏によれば、「諸君！」「正論」の論者たちは、味方《われら》か敵《やつら》かの二項対立で世界を裁断しようとする。

「われら」は、反共イデオロギーであり、「反共アメリカ」であり、「正義の国日本」である。これに対し、「やつら」は共産主義であり、中国、北朝鮮などの共産主義国であり、「東京裁判史観」であり、朝日新聞だ。

彼らは、世界を「われら」と「やつら」の敵対関係、対抗関係でとらえる。どこまでも日本は正義の国である、と信じて疑わない。それは一種のイデオロギーである。日本を侵略国家と言い、日本の戦争責任をうんぬんするのは「反日」主義者でしかない、東京裁判史観をまき散らす朝日は反日だ、と彼らは言い立てる——。

「反日」の2文字で思い浮かぶのは、憲法記念日の1987年5月3日、朝日新聞阪神支局が襲われ、記者2人が銃撃され死傷した事件である。

「赤報隊」名の犯行声明には「反日」の2文字が多用されている。「反日分子には極刑あるのみ」「反日朝日は、五十年前にかえれ」「反日分子を処刑する」などだ。

事件発生当時、僕は入社4年目、鳥取支局にいた。亡くなった小尻知博記者には、前年の夏の全国高校野球選手権大会の中日に阪神支局の屋上で催された懇親会で初めてお目にかかっていた。「阪神支局は忙しいから、自宅は近くに借りたんだ。ほら、あそこだよ」と指さした先に、小尻さんの愛してやまぬ家庭があった。

そんな小尻さんの命を、家族の幸せを奪った犯人が使った「反日」という言葉を、軽々しく突き付けてくる。そのことに僕は怒りを禁じえない。


右派系雑誌の論者はまた、従軍慰安婦問題で日本軍の関与を認めた河野官房長官談話や、過去の日本の植民地支配や侵略を認めた村山首相談話は受け入れられないと主張する。この点で主張が重なる安倍晋三氏は、右派系雑誌で「真正保守のエース」と呼ばれ、毎号のようにインタビューを掲載するなど大切に育てられてきた。

そんな安倍氏も、2006年に現実に首相になると、河野談話も村山談話も踏襲すると表明せざるを得なかった。歴代内閣が引き継ぐと内外に表明してきた歴史認識を覆せば、安倍内閣に国際社会が向ける視線も覆る――そのことに気づいたためだろう。

第1次安倍政権発足後、僕が起案した社説の見出しを並べてみよう。

9・27　安倍内閣発足　果たしてどこへ行く（1本社説）
9・30　所信表明　そろり安全運転ですか
10・3　歴史認識　もう一歩踏み出しては

10・7　安倍政権　ちょっぴり安心した
10・12　ニュー安倍　君子豹変ですか
10・23　衆院補選　まずは合格点の安倍首相

「もう一歩踏み出しては」から「君子豹変ですか」までの3本の社説では、河野談話・村山談話を受け継ぐなど、首相になってからの安倍氏の変化を評価している。

こうしてみると朝日新聞が巷間《こうかん》言われているほど、安倍氏を敵視したり、過度に批判したりはしていないことがわかるだろう。あくまでも是々非々なのである。

朝日新聞は「われら」か「やつら」かの二項対立の上に立って相手を敵視・攻撃することはしない。言論の自由は、いかなる価値観の持ち主も等しく享受する権利だからだ。

当時の若宮論説主幹が「安倍たたきが朝日の社是だ」と言ったという話が、まことしやかにささやかれた。それが事実だとすれば「安倍たたき」を指示されるのは当時、政治社説のメーンライターだった僕のはずだが、僕はそんな話は聞いたことがない。

安倍首相は何を根拠に「政権打倒を社是としている」と朝日を名指しで非難したのか、それこそ「虚妄」を相手に拳をふりあげていたとしか思えない。これも一種のレッテル張りだったのだろうか。

『朝日新聞社史　昭和戦後編』は、朝日新聞への「左偏向」攻撃が燃え上がったきっかけとして、1982年の教科書検定問題を挙げている。

経緯はやや複雑である。

高校の社会科教科書の検定で中国への「侵略」を「進出」に書き換えさせたとする報道が、中国政府の反発・抗議を招いた後、誤報だとわかったのだ。

社史によると、当時まとめられた「朝日の紙面をよくするために」という社内リポートがある。リポートは指摘する。

「朝日への『信頼』はゆらいでいないが、不満の中身に『偏向』が形を成してきたことは認めねばならない。テレビ、雑誌による一部言論人の朝日攻撃が意図的で粗雑、不当であることは言うまでもない。しかしボディーブローは、だんだん効いてくる。感情的な反発や軽視で済む段階ではない」と。

ミスはない方がよい。当然のことだ。しかし締め切り時間に追われ、世界中で起こる事象を記事にする新聞を朝晩発行していれば、ミスを完全になくすことはできない。昨今はますます時間に追われるデジタル発信が主流になってもいる。

大事なことは、できる限りの裏付け取材をし、ミスを最小限にすること。それでも誤報が起きた時には、できるだけ早く訂正し、必要なら適切な謝罪をし、経緯を読者にきちんと説明することだ。

その意味で、2014年の慰安婦報道や原発事故調書をめぐる報道の危機管理は残念だった。発行部数減の長い坂を下り続ける朝日新聞にとって、その経営にも暗い影を落とす、厳しすぎるボディーブローと言うしかない。

阪神支局襲撃事件の50年前、1937年といえば、盧溝橋事件が起き、日本が中国で本格的な侵略戦争を始めた年である。

これに先立つ1931年には日本軍が満州・柳条湖で南満州鉄道の線路を爆破する謀略が起きた。日本軍はこれを契機に満州全土に侵出していく。満州事変である。

軍縮を主唱し、軍の強硬姿勢に批判的だった朝日新聞がこの時、なぜ軍事行動支持に社論を転換したか。朝日新聞取材班『新聞と戦争』が克明にたどり直している。

軍や右翼の圧力、国内や満州での軍人会などの不買運動、朝鮮・満州という新興市場での部数拡大への誘惑、戦況の速報を競う新聞社が軍に嫌われたくないとの焦り……。従業員や家族の生活、部数増ないしは新聞社の存続にかかわる要因が積み重なった結果、朝日は戦争推進、戦意高揚の旗を振ってゆく。

同じことがいま、再び起こると言いたいのではない。

朝日新聞だけではない。新聞界はいま、部数減と経営難という戦前とも通じる危機に直面している。

想起すべきは、戦前の日本の言論界が、朝日新聞の社論転換を決定的な契機として、戦争を煽《あお》っていったという歴史である。今も昔も朝日新聞が変わらぬ「ザ・ペーパー」である以上、その社論の変更は、日本に、日本国民に決定的な意味を持つことになろう。

朝日新聞が、朝日新聞記者が背負っているものはそれだけ重いのである。

だからといって、たじろいだり、萎縮したりしてはならない。

朝日新聞の軸は明確である。

寛容で多様性豊かな言論を、社会をつくることに他ならない。右派が醸し出す、狭量で排他的な空気に染まってはならない。

国民の知る権利と言論の自由に奉仕するメディアとして、ひとりひとりの記者が権力監視を貫くジャーナリストとして、朝日新聞と記者の皆さんには過去の教訓を振り返りつつ、未来に向かって勇気と活気をもって頑張り続けてほしい。

僕は病を得てやむなく社を退いた。それでも、朝日新聞記者として生きた37年間を誇りに思っている。

第12章「放送と権力」

「テレビが自民党に負けた」日

この章では、朝日新聞から離れて、新聞と政治よりさらに微妙な部分の多い、「放送と政治」の関係について考察したい。

(1)テレビはなぜ政治権力に弱いのか

テレビ局関係者が自民党の「圧力」に直面した際、共通して口にする出来事がある。「椿《つばき》事件」である。

とりわけテレビ朝日経営陣にとっては、忘れられない苦い経験だろう。「報ステ」出演中、僕も何度かこの事件の名を耳にした。

細川日本新党の躍進、自民党旧竹下派の分裂、小沢・羽田新党の旗揚げ、「守旧派」vs「改革派」の対立――1993年、国民の関心が政治に集まった総選挙をめぐって、この事件は起きた。

テレビの政治報道や討論番組が高視聴率を稼ぎ、「テレビ政治」ともてはやされるなか、政治権力の放送への介入を呼び込んでしまった事件である。


椿事件とは何か。

以下、少し長くなるが、逢坂巌氏著『日本政治とメディア』を参考に、概略を追ってみよう。


テレビ朝日の椿貞良《さだよし》・取締役報道局長が93年9月、日本民間放送連盟（民放連）の放送番組調査会で講演し、「非自民政権が生まれるように報道せよと指示した」などと発言したと産経新聞が報じて問題になった事件である。

報道当日の衆院本会議で自民党議員が「徹底的に真相を究明する」と発言。郵政省の放送行政局長も「事実とすれば放送法3条の政治的中立に反する」「もし放送法に違反する事実があれば、一定期間電波を止めることができる」と早くも「停波」に言及する。

椿氏はテレ朝を辞職し、国会での証人喚問に出席。「不必要、不用意、不適正な発言」を謝罪しつつも、「テレビ朝日が一部の政党を当選させるような目的で、今回の選挙報道を行ったことは断じてない」と釈明した。

椿氏の民放連での発言記録によると、椿氏は実際にはこう発言していた。

「6月の終わりの時点から『なんでもよいから反自民の連立政権を成立させる手助けになるような報道をしようではないか』というような、指示ではもちろんないが、そういう考え方を報道部の政経のデスクとか編集担当者とも話をして、まとめていた。それがいま吹いている『政治の風だ』と私は判断し、テレビ朝日の報道は判断をした」

「『テレビのワンシーンは新聞の1万語に匹敵する』というのも私の信念だ。そういう立場でこれからの政治報道をやっていきたい」

「1993年のあの時点においては『十分にやった』という自負を持っている。なにしろテレビは政治を面白くさせたのだから」

椿氏の発言は、視聴率を追いつつジャーナリズムたらんとするテレビメディアがはらむ課題を映し出していた。

しかし、だからと言って、テレビ朝日が番組で自民党の扱いを過小にしたわけではなかった。

その後、テレビ朝日は番組をチェックし、放送時間の比較などを行った。その結果、偏った放送はなかったとの結論を出した。94年8月に郵政省に報告し、同省も了解した。

つまり、政治的公平に反するような番組はなかったと結論付けたのである。それなのに、郵政省は同年9月、テレビ朝日に対して郵政相名の厳重注意という行政指導を行った。

「自民党はテレビに負けた」――。

自民党の下野と非自民連立政権の樹立につながった93年総選挙をめぐっては、そう評されることが多い。

そうした側面も確かにあっただろう。

一方で「報道局長辞職↓証人喚問↓行政指導」という形で政治権力の放送への介入を呼び込む「悪しき前例」につながった椿事件の経緯を見れば、「テレビが自民党に負けた」と言っても過言ではない。

以降、椿事件はテレビ朝日だけでなく、放送全体の宿痾《しゅくあ》となっていく。

（2）政治権力の「アメとムチ」

年末に総選挙を控えた2014年11月20日夕、六本木のテレ朝本社に入った僕は、いつもとは異質の慌ただしさと緊張感に包まれていた。けれど、僕には誰も何があったか説明してくれない。僕のいる部屋にたまたまやって来たデスクのひとりに「何かあったの？」と聞いてみる。

「例の申し入れの件ですよ」と言う。

そんな問答をくり返すうち、輪郭がわかってきた。

2日前の11月18日夜、TBSの「NEWS23」は生出演した安倍首相を前に、東京・有楽町と大阪・梅田で取材した「街の声」を放送した。アベノミクスについて首相に反応を聞くためだが、「恩恵がない」「景気が良くなったとは思わない」などアベノミクスに否定的な声が続いたことに首相はカチンときたようだ。

首相は「これ、街の声ですから、みなさん（TBS）で選んでいるかもしれませんよ」

「6割の企業が賃上げをしているんですから、その声が反映されていませんが、これ、おかしいんじゃないですか」などと反論。番組はその後、アベノミクスの利点を訴える首相の独演会の様相になってしまった。

そして20日、自民党本部で在京キー局の担当記者に、萩生田光一筆頭副幹事長と福井照報道局長の連名で「選挙時期における報道の公平中立ならびに公正の確保についてのお願い」と題した文書が手渡された。

テレ朝局内をピリピリさせた、「例の申し入れ」である。

文書は「過去においては、具体名は差し控えますが、あるテレビ局が政権交代実現を画策して偏向報道を行い、それを事実として認めて誇り、大きな社会問題となった事例も現実にあった」と記す。いわずもがな、椿事件に対するあてこすりである。

そのうえで、▽出演者の発言回数や時間▽ゲスト出演者の選定▽街頭インタビューや資料映像などで、「公正中立、公正を期していただきたい」などとした。

安倍首相が衆院を解散したのは翌21日。

選挙なんだから、わかっているよな。ちゃんと配慮しろよな。そうじゃなきゃ、椿事件の二の舞になるぞ――。政権の意図は見え見えである。

文書の有無を問わず、安倍政権はこの時までに何度もテレビ各社の報道に注文を付けてきた。「報ステ」のスタッフが「またか」と溜め息をつきながらも、VTRの各党の発言や街頭インタビューの時間を秒単位で測り、問題視されないよう細心の注意を払っていたのを思い出す。

僕が「報ステ」に出演し始めたのは2013年4月。第2次安倍政権が発足した4ヵ月後だった。

2年間の出演中、政権は「安倍カラー」の政策や行動に次々と踏み込んだ。

【2013年】

▽8月　内閣法制局長官に外務省出身で集団的自衛権容認派の小松一郎氏を起用

▽9月　東京五輪・パラリンピック開催決定

▽11月　国家安全保障会議（NSC）設置法成立

▽12月　特定秘密保護法成立

▽同、安倍首相が靖国神社参拝

【2014年】
▽2月　「慰安婦」問題をめぐる河野官房長官談話の再検証開始を発表
▽4月　武器輸出三原則を撤廃し、防衛装備移転三原則に
▽5月　内閣人事局設置
▽6月　憲法改正手続きを定めた国民投票法成立
▽7月　集団的自衛権の行使を条件付きで認める政府見解を閣議決定

この間、安倍首相はテレビ朝日を含む放送各社首脳と個別に会食（新聞・通信各社の首脳とも）を重ねる一方で、放送局にさまざまな圧力をかけていく。あまりにも露骨なアメとムチと言う他ないが、これが放送局側の忖度《そんたく》につながっていく。

（3）黙認する放送局

政府・自民党はなぜ、これほど放送局に高圧的なのか。また、放送局はなぜそれに従順なのか。

端的に言えば、放送局が公共の財産である電波を独占的に使うため、国の免許事業となっ

ているからである。実際、椿事件が起きたのは、5年に1度のテレビ朝日の免許更新日の2カ月前だった。

ここで川端和治氏著『放送の自由』を参考に、放送法を中心に、先の大戦以降の政治権力と放送の関係について振り返っておこう。

先の大戦で、政府に管理されていたラジオ放送（当時、テレビ放送はまだなかった）も、総力戦の一端を担った。ミッドウェー海戦後、日本の敗色が濃くなって以降、大本営は虚偽と捏造の戦果発表をくり返すことになる。しかし放送はそれを国民に伝達するだけの国策装置と化していた。軍・政府を監視すべき放送が、軍・政府と一体化して批判精神を失っていたためだ（戦前戦中の新聞にも同様の責任がある。他方、民放は戦後生まれのため、戦争翼賛報道とは無関係です）。

戦後の新憲法に基づき、連合国軍総司令部（GHQ）が、民主的な放送に向けた法律づくりを指示したのを受け、1950年に制定されたのが放送法である。

放送法はその第1条で「放送の不偏不党、真実及び自律」を国が放送局に保障し、「放送による表現の自由を確保する」とともに、放送に携わる者の職責を明らかにすることによって「放送が健全な民主主義の発達に資するようにする」ことをうたった。また、第3条では放送番組は「何人からも干渉され、又は規律されることがない」とした。

第4条1項は「放送事業者は、国内放送及び内外放送の放送番組の編集に当たっては、次の各号の定めるところによらなければならない」とし、番組編集の4つの基本方針（番組編集準則と呼ばれる）を定める。その2号に「政治的に公平であること」がある。

ただ、番組内容のどこまでが政治的に公平であり、どこからが不公平なのか、それこそ「公平」に判断するのは至難の業だ。

では、それを判断するのは誰か。

1959年の放送法改正案の趣旨説明で、田中角栄郵政相（当時）は、大意このような説明をしている。

「いかにして表現の自由を侵すことなく実効あらしめるかが最も難しい問題であり、放送事業者の放送の準則及び番組審議機関を設けて、放送事業者の自律によって番組の適正をはかる措置を講ずることにした。行政権による規制を避けて、番組編集の基準（番組基準）の順守を公衆の批判に任せようとするものだ」

くり返すが、公共の電波を使う放送は政府の免許事業である。

ゆえに政府（かつては郵政省、現在なら総務省）は、放送事業者は政府の行政指導を受ける立場にある、と解釈してきた。

しかし番組内容については、政治的公平を含む基本方針に沿うかどうかは「放送局の自律」と「公衆の批判」によって担保されるべきである。それが当初の放送法の趣旨だったのである。


もちろん「民主主義の発達に資する」（放送法第1条）放送は、政治権力の干渉を排し、ただ放送事業者の自律に委ねておきさえすれば自動的に実現できるわけではない。

放送が干渉から自由でありつつ品質を担保するために放送法に組み込まれたシステム。それが、放送事業者が自主的に制定する「番組基準」（第5条）と、その内容と運用を監視する「放送番組審議機関」（第6条）である。

そのうえに放送界全体でつくった組織も機能している。

93年の椿事件に加え、94年には松本サリン事件で被害者を容疑者扱いした過熱報道が起きた。放送に対する批判の高まりを受けて、NHKと民放連は1997年、自主機関として「放送と人権等権利に関する委員会機構（BRO）」を設置。2003年には「放送倫理・番組向上機構（BPO）」に改組した。

弁護士としてBPOの活動に長く携わってきた川端氏によると、放送への苦情や放送倫理上の問題に対し、自主的に、独立した第三者の立場から迅速・的確に対応して、放送事業者に対して自律を求めることにより、政府・行政の介入を防止し、放送の自由を守る。それがBPOの目的である。

各放送事業者の放送番組審議機関の機能や能力にはばらつきがある。一方、独立した第三者機関であるBPOは、その活動実績によって社会の信頼を獲得していくしかない。そして総じて、BPOの活動は透明性が高く、適切に機能していると評価されている。

にもかかわらず、政府・自民党が行政指導という形で番組内容に注文を付けるケースが後を絶たない。

こうした行為は政治権力による過剰な介入にあたる疑いが濃い。それなのに、放送事業者側は黙って従い続けている。

先述の椿事件も、経緯を見れば、その是正はテレ朝の自律に委ねるべきではなかったか——。

政治権力が放送事業者の、そうした「脇の甘さ」を見逃すはずがない。

2015年5月、安倍首相の側近である高市早苗総務相が国会答弁で、従来は政治的公平を、ある期間の番組全体の内容で判断すると説明していたのに「ひとつの番組でも、極端な場合は政治的公平を確保しているとは認められない」と踏み込んだ。

高市氏はさらに2016年2月の国会答弁で、違反をくり返したら電波を止めることもありうると「停波」の可能性にまで言及した。椿事件当時、郵政省の放送行政局長が「停波」に言及したことを思い出す。

「ひとつの番組」だけで、政府の判断によって「停波」がありうる。そうなれば、戦後の新憲法が厳しく禁じた「検閲」に限りなく近づく。

この問題は8年を経て、安倍氏没後の2023年3月に再燃した。立憲民主党の小西洋之参院議員が、総務省職員から提供されたとする約80枚の内部文書を公表したのだ。

文書には「ひとつの番組だけで判断できる」との高市総務相（当時）答弁の前に、礒崎陽輔首相補佐官（同）が総務省幹部らに、そのように判断基準を変えるよう求めていた過程が生々しく記されている。安倍氏が礒崎氏の提案を強く支持していた様子もうかがえる。

放送への介入を強めようとする政治権力の蠢《うごめ》きの生々しい記録である。

法解釈を変更するなら、立法府（国会）で開かれた議論をするのがルールである。なし崩しは許されない。高市氏（経済安全保障担当相）は内部文書について参院予算委で「悪意を持って捏造《ねつぞう》されたものだ」と述べたが、総務省はその後、文書は省内で共有されていた行政文書であると認めたうえで、判断基準をもとに戻した。当然のことだ。

（4）ジャーナリストと放送

なし崩しに放送への圧力・介入を強めようとする政治権力。ひとりひとりのジャーナリストはどう向き合うべきか。

考える手がかりとして、新聞・雑誌・テレビの現場を縦横無尽に駆けた朝日新聞の大先輩、筑紫哲也氏（執筆当時はTBSテレビ系「筑紫哲也　NEWS23」メーンキャスター、2008年に死去）の言葉を引く。

「この仕事では、権力者との距離の取り方がむずかしい。彼らに取り入ったり、仲良くしたいとは思わない。むしろ逆で、大きな権力を持てば持つほど、監視と批判の対象でなくてはならない。だが、そのためにも相手の『正体』を知る努力は欠かせない。同時に、こちらがどういう立場と観点から批判をしているのかについて、相手に無用の誤解を与えないようにした方がよい。そうでなくとも、権力者、とくにその最高位にある首相は、外から絶えず敵が攻めかかって来ると思いがちな『包囲心理』に陥りやすい場所にいる」

権力の介入を招きやすいテレビメディアでは、とりわけ権力との距離の取り方とバランス感覚が大切だ——。大先輩の言葉はさすがに重い。

ベテランの政治ジャーナリストのなかには、報道番組や情報番組に出演し、大所高所から苦言を呈する形をとりつつ、基本的に政権に寄り添ったコメントをする人もいる。

その一人が、こんなことを言っていた。政権幹部と日常的に接触できる関係は一朝一夕には築けない、長くてしんどい努力の結果なのだ、と。そのことは僕も否定しない。

政権幹部が握る情報をいち早く入手するには、その懐に飛び込むことが欠かせない。多くの現役の記者たちが、権力と付き合いながら権力を監視するという矛盾をはらむ仕事に、逃げずに取り組んでいることも僕は知っている。

けれど、そこには落ち込みやすい陥穽《かんせい》があることも直視せねばならない。「政治権力・ジャーナリスト・報道機関（とりわけ放送局）」のもたれあいの関係である。

【政治権力】多くの人が見るテレビで、政権の「お目付け役」であるはずの著名なジャーナリストが好意的なコメントをしてくれれば、お茶の間への宣伝効果は高い。

【放送局】政権側とパイプを持つジャーナリストをコメンテーターとして抱えていれば、政権とのトラブルが避けられる。問題が起きた時には仲介が期待できる。

【ジャーナリスト】政治権力ににらまれないような無難なコメントをして顔と名前が世間に売れれば、出演料に加え、各種の講演会などに講師として招かれるようになり、高額の講演料が懐に入る。

それがいわゆる「大人の世界」というものだ——。そうした趣旨のことを、僕はテレビ局の関係者にやんわり言われたことがある。

しかし、これまで見たように放送局は政治権力の圧力に極めて弱い。番組に出演し続けることを望むジャーナリストが、政権幹部との関係維持を優先し、政権への批判を避けるようになるのはごく自然な流れだろう。

それが「大人の世界」だというなら、僕はいつまでも「子どものまま」でよかった。記者としては決して褒められた話ではないが、政権・与党内に気を遣わなければならないほど親しい有力者はいない。ひとりの論説委員として一切の忖度を排し、信じるところをコメントしてきた。

といっても、僕が番組で何か特別なことを語っていたわけではない。あくまで是々非々、しかも朝日新聞の社説の主張の範囲のなかで、ごく当たり前のことをしゃべっていたにすぎない。事実、視聴者の皆さんからは「生ぬるい」とのご批判もたくさんいただいた。

そんな僕だが、テレビで顔をさらして意見を述べる以上は、最低限、守らねばならないと考える一線があった。

自らを犬にたとえれば、「権力を監視し、社会正義を実現するための番犬」であらねばならぬということだ。「飼い犬」であるなら、飼い主は政権や放送局であってはならない。国民でなければならないということでもある。

このころ、僕の胸を浮き沈みしていた言葉に、吉野弘の詩がある。

正しいことを言うときは
少しひかえめにするほうがいい
正しいことを言うときは
相手を傷つけやすいものだと
気付いているほうがいい
立派でありたいとか
正しくありたいとかいう
無理な緊張には
色目を使わず
ゆったり　ゆたかに
光を浴びているほうがいい
（「祝婚歌」から）

人を批判するのはしんどい。相手が権力者ならなおさらである。政権与党は強大な組織と権限を握っている。本気でやろうとすれば、どんなことだってできる。まさに理屈は後からついてくる、のである。

これに対し、ジャーナリズムの武器は憲法が保障する「表現の自由」と、参加・平等・公開など民主主義の諸原則しかない。

「少しひかえめにするほうがいい」——。そうささやかれれば、できればそうしたいとも思う。

でも、吉野の詩はあくまで新婚夫婦に贈る言葉だ。

僕には僕の、記者としての責任がある。

ともすれば弱気になりがちな自分自身を叱咤激励し、「口を開けば安倍批判だ」という批判をも恐れず、2年間、僕は「国民の飼い犬」として、批判すべきはしっかり批判したつもりである。

後に担当することになる夕刊1面コラム「素粒子」でも、僕はジャーナリズムの責務についてしばしば取り上げた。たとえば——。

権力に「国民の敵」と罵倒されることは恥ではない。恥ずべきは、なすべき時に「権力の敵」たりえない報道だ。＝2018年11月9日

（米中間選挙翌日のホワイトハウスでの記者会見で、CNN記者が移民問題について質問したところ、トランプ大統領が「国民の敵」などと記者を罵倒。CNNは声明で大統領を厳しく批判した）

◎

国をあげてウイルスと戦う時、政権批判は控えて——。そんな声を聞くたびに思う。監視者、批判者を失った国家権力が、何をしたか。戦争へと雪崩《なだれ》を打ったこの国で。

憲法記念日も思いを新たにする日だ。33年前、記者を撃った銃弾は言論をも撃った。言論の自由は脆《もろ》い。失えば健全な議論も、寛容な社会も失われる。黙してはいられない。小なりとはいえ本欄も。＝2020年5月2日

（憲法記念日を前に）

聞くべきことを首相に聞いた「ウオッチ9」。「NHK執行部が裏切った」と官房副長官。

公共放送の役割は権力への協力ではない、監視だ。＝2020年12月12日
（同年10月、NHK「ニュースウオッチ9」の有馬嘉男キャスターが、日本学術会議会員への任命拒否問題について質問したのに対し、生出演した菅義偉首相が不愉快そうに答えた問題がくすぶっていた。有馬キャスターは2021年春に交代）

このころのテレビの報道番組全般について「権力の圧力に屈した」とか「迎合した」という指摘が目立った。そういう側面も確かにあっただろう。

しかし僕の目に映った「報ステ」の現場は、決してそれだけではなかった。

局内外の圧力をかいくぐり、やりたいニュース、やらねばならないニュースをしたたかに追及する。そんなエネルギーを感じさせてくれる報道人が、少なからずいた。

代表的なひとりが、僕の「報ステ」出演当時のチーフプロデューサーだった松原文枝さんである。

松原さんは、僕が出演中、番組に対する自民党の申し入れや僕のコメントへの局内外の批判や苦情を一度も僕には伝えなかった。松原さん自身が強力な防波堤となって、僕がフリーハンドでコメントができるように守ってくれたのである。かといって、自分自身の視点を後

押しするようなコメントを僕に求めたことも一切なかった。

僕に求めたのは常にひとつ、「あなたが話したいことを話してください」――そんな腹の据わったチーフプロデューサーだった。

その松原さんも、僕の降板と同時に「報ステ」のチーフプロデューサーを離れた。

しかし、ジャーナリズムへの情熱は変わらない。ひとりのジャーナリストとして優れた作品を世に問い続けている。

「報ステ」の「特集　独ワイマール憲法の〝教訓〟」で2016年にギャラクシー賞のテレビ部門大賞、「放送ウーマン賞2019」に輝いたほか、2023年5月には自ら監督したドキュメンタリー映画「ハマのドン」が全国上映された。

僕の生硬《せいこう》なコメントの仕方が、結果として、松原さんを、日本を代表する報道番組「報ステ」から引きはがす一因になったのではないか――。

僕の「報ステ」の2年間に悔いがあるとすれば、その一点に尽きる。

2015年春に僕が2年間の「報ステ」出演を終えた後、後任のコメンテーターは立野純二論説副主幹ら4人が日替わりで務めることになった。

朝日新聞からの起用は立野さんだけだった。

前身の「ニュースステーション」以来、月曜から木曜までをひとりで務める朝日新聞のレギュラーコメンテーターは、結果として僕で最後になった（テレ朝の午後10時台は、僕が朝日新聞社に入社した翌年の1985年に久米宏氏をMCに「ニュースステーション」が放送開始し、2004年に古舘伊知郎氏がMCの「報道ステーション」に衣替えした）。

立野さんをはじめ、新たにコメンテーターになった気鋭の政治学者・中島岳志さん、憲法学者・木村草太さんらが、僕より説得力があり識見に富んだ政権チェックをしてくださったのは頼もしかった。

「報道ステーション」の古館氏やNHK「クローズアップ現代」の国谷裕子氏、TBS「NEWS23」の岸井成格氏といった、著名で影響力の大きいキャスターが相次いで番組を去るのは僕の降板の1年後になる。

第13章「縮む日本」この国を子や孫の世代に引き継ぐために

日本は縮んでいるのではないか——。

パーキンソン病を患ってから、ふとそんなことを思うようになった。

知日派で知られる韓国の初代文化相・李御寧《イオリョン》さんの著書に『「縮み」志向の日本人』がある。日本では1982年に発売されたこの本は、日本文化の特質は、小さなものに美を見出し、俳句や扇子、トランジスタなどあらゆるものを「縮める」ことにある。そう肯定的にとらえた本だった。

僕の言う「縮む日本」は、それとは異なる。

このまま流れに任せておけば日本はいずれ立ち行かなくなる。巨大な課題に誰もが気づいていながら、問題の大きさ、難しさに立ちすくみ、何ら手を打とうとしない。

そんな「小さな日本」に縮んでしまったことを指す。

日本がいま、直面する最大の課題は何か。少子高齢化であることは言うまでもない。ひとりのパーキンソン病患者である僕はいま、介護保険制度や難病医療費助成制度によって生活を助けてもらっている。けれど、こうした公的な制度は、このままずっと維持できるのだろうか。

悲観的なデータがある。

厚生労働省の国立社会保障・人口問題研究所の推計では、日本の総人口は2056年に1億人を切り、2070年には8700万人まで減るとされる。2038年には日本人の出生数は70万人を下回り、2070年には45万人台に減る見通しだ。65歳以上の割合を示す高齢化率は2020年の28・6%から2070年には38・7%まで上がる。65歳以上の高齢者1人を支える現役世代（20〜64歳）の人数は2020年の1・93人から2070年には1・26人になる計算だという。

高齢化率がどんどん膨らむ一方で、現役世代はますます縮んでいく。僕の言う「縮む日本」の一断面である。

現役世代の人口を増やすには出生数を増やすことが最大の対策なのは明らかだ。

だが、日本財団の調査では、子どもは欲しいが、さまざまな壁を感じている若者の意識が浮き彫りになった。

2022年12月に全国の17〜19歳の1000人を対象に行ったインターネットアンケートによると、「将来子どもを持ちたいか」との質問に、「持ちたいと思う」人は35・7%、「どちらかと言えば持ちたいと思う」が22・9%であわせて約6割に達していた。

一方、「実際には子どもを持つと思うか」の質問には「必ず持つと思う」が12・4%、「多分持つと思う」は33・2%とあわせて4割台にとどまった。

「将来子どもを持つうえでの障壁」を聞くと、複数回答で「金銭的な負担」を69・0%が挙げた。以下、「仕事との両立」が54・3%、「時間的な負担」が41・2%だった。

ある30代女性が語る。

「夫婦とも総合職で働いていても、子どもに自分と同等の教育を受けさせたいと思えば、一人がやっと。二人目を産む気にはなれない」

たとえば、2010年度の税制改正では中学生以下の年少扶養控除の打ち切りが決まった。児童手当との「二重取り」批判が出たことや、児童手当の財源不足が理由とされた。しかし年少扶養控除は高所得者であっても適用されるが、児童手当は所得が高いと支給が制限される、といった違いがあった。

岸田政権は「こども未来戦略方針」で児童手当の支給を高校生まで延長する方針だが、そうなれば、年少扶養控除の廃止も高校生まで拡大される可能性が高い。

前出の30代女性は「金額もさることながら、一番不安なのは制度がくるくる変わり安定しないこと。この子が大きくなった時にはどうなるのか、と」と言う。

本気で少子化を食い止めたいと思うなら、日本を、若者たちが安心して子どもを産み育てられると信じられる国に作り変える覚悟が要る。

結婚、妊娠、出産、育児、教育、働き方、ジェンダー……。必要な政策は多岐にわたる。短期間での成果は望めない。息の長い対応が求められる。

よく言われることだが、省庁の縦割りを排し、持てる知恵と人材、予算を思い切って少子化対策に優先配分し、しかも腰を据えて継続することが欠かせない。

折しも、岸田内閣が「異次元の少子化対策」を打ち出したが、腹が据わっているようにはとても見えない。

なにしろ「今後5年間の防衛費を従来の1・5倍に拡大する」と打ち上げた直後に持ち出された。それでなくとも年金・医療・介護の社会保障の費用は毎年膨らむ。すでに1000兆円を超す国債残高を抱える国の財政である。「異次元の少子化対策」に振り向ける予算をどうやって捻り出すというのか。他の政策との優先順位をどう考えるのか。納得できる議論は聞こえて来ない。

選挙公約で「少子化対策への財源を充実する」と訴える分にはほとんどの国民は反対しない。けれど、たとえば「では、その財源として高齢者向けの医療・介護のサービスを削減する」となれば反対論が噴出するだろう。

僕自身、いま難病患者に提供されている制度のサービスが切り下げられれば、生活に影響しかねない。不安がないと言えばウソになる。

孫娘が遊びに来ればこの子の将来はどうなるのだろう、と心配になる。関西に住む父のことを思えば年金の行く末を懸念する。世代間の財源奪い合いの様相である。

あれもこれもすべて満足とはいかない。そうわかってはいても、心は千々に乱れる。


選挙になれば「成長の果実を分配する」と多くの政党が公約する。

しかし現実には「停滞の負債を配分する」しかない。それがいまの日本のリアルな国力なのである。


出生率がこのまま下がり続け、日本が長期衰退の泥沼にはまり込むとしても、ただちに目に見えて困るわけではない。現状維持で仕方ないか——。

そんな気分についついい陥りがちだ。


本当にそれでいいのだろうか。

衆院への小選挙区制導入をはじめとする、一連の政治改革がめざしたものを想起したい。

2大政党が勝つか負けるか、衆院選で多数を制した方のリーダーが次の選挙までの期間限定で強い指導力を手にする。そして、困難さを増すばかりの内外の諸課題に果敢に挑戦し、次の総選挙で任期中の実績評価を国民に仰ぐ——そんな政治をめざしたのではなかったか。

それなのに、自民・公明連立政権はいまなお民主党政権の失敗をあげつらい、「『決められない政治』が国民に拒否された」と相手を指弾するばかりだ。

そうした側面は確かにあった。だが、いつまでも相手の失敗を言い募るだけでいいはずがない。

僕自身は「決められない政治」という言葉は嫌いだ。十分な議論を避けたまま、最後は「数は力」で押し切る「決められる政治」「決める政治」など評価できない。

それでも、あえて言う。

野党転落の恐怖におびえ、待ったなしの政策に挑戦することなく、手をこまぬくばかりの自民・公明連立政権こそ「決められない政治」だ、と。

衆参各院の総議員の4分の1以上の要求があれば、内閣は、臨時国会の召集を決定しなければならない——。この憲法第53条を、安倍・菅両政権が何度無視したことか。憲法が義務付ける国権の最高機関の議論さえ逃げる、そんな政治は願い下げにしたい。

いまそこにある危機の大きさに身をすくませるばかりの政治のもとでは、安んじて子どもを産み育てることはできない――。

加速度を付けて進行する少子化は、そんな政治の現状に対する国民の（とくに若者の）不信の表れと見るべきだ。

課題に果敢に挑む代わりに、自公連立政権は何をしてきたか。

とっかえひっかえ新たなコピーを掲げ、「決められる政治」を演出する。そんな「キャッチフレーズ政治」でお茶を濁してきた。

安倍政権下では「アベノミクス」「三本の矢」「女性活躍」「1億総活躍」「地球儀を俯瞰する外交」……。

どれもが早くも忘れ去られようとしている。

岸田首相も追随する。

「異次元の少子化対策」に加え、「新しい資本主義」「スタートアップ創出元年」「デジタル田園都市国家構想」「新時代リアリズム外交」……。

1年後、2年後に生き残っている言葉はあるだろうか。

掛け声で「やってる感」を国民に印象づけ、内実は空疎なキャッチフレーズ政治。それこそが真の意味での忌むべき「決められない政治」ではないのか。

▽国会議員を「家業」とする世襲議員の跋扈《ばっこ》
▽人事権を振りかざし、官僚に忠誠を誓わせる強権的霞が関支配
▽官僚からマスコミにまで広がった首相官邸への忖度《そんたく》
▽敵基地攻撃能力の保有、防衛費の大幅増額など歴代政権が自らの手を縛って来た自制と謙抑の無視
▽たがが外れたような国債発行残高の膨張
▽国民に必要な負担を求めるのを避け、いまのつじつまを合わせるための将来世代への負担の付け回し……。

「縮む政治」の裏側で、「政治の劣化」が大手を振って進行している。

第14章「日常」
転倒・骨折を防ぐため、家中が手すりだらけになってきた

本章から「パーキンソン病と僕」の物語を再開する。症状も、悩みも、治療の進め方も患者ごとに異なる。それがパーキンソン病の特徴である。この章では、僕の「ある1日」をスケッチしてみよう。

（1）行動は身の丈で

午前4時半　いったん目覚め、枕元に用意してあるCOMT阻害薬（血液中のレボドパの分解を抑える）のオンジェンティスを飲む。この薬は既述の通り、1日1回の服用で済むのは有難いが、食事やレボドパ服用の前後1時間以上、間を空けなければならない。

5時半　起床、血圧測定、朝食。

60歳で朝日新聞社を退職するまで夕刊1面コラム「素粒子」を担当していた名残で、いまも朝は早い。

24時間途切れなく効果が続く貼り薬のドパミンアゴニスト・ニュープロパッチのおかげなのだろう、何とか動ける状態。

起き抜けは転倒しやすい。行動はとりわけ慎重に。たとえばズボンやパンツ、靴下の着替えは必ず椅子に座るか、手すりにつかまって行う。サンダルやスリッパはきちんとそろえてから履く。

発症前の、身体が自由に動いた頃の「残像」は頭から追い出そう。大事なのは、いまの身の丈にあった行動を心掛けること――。そう自分に言い聞かせる。

6時　本日1回目のレボドパ服用。毎日同じ時間に規則正しく飲むことが大事である。

さらにアゴニストのプラミペキソールと、MAO‐B阻害薬（ドパミンを分解する酵素の働きを妨げ、脳内のドパミンを長持ちさせる）のエフピー、2022年11月の尿失禁後に処方されるようになったドパミンの合成を促すトレリーフも。

吐き気止めのドンペリドンを食前に、便秘薬の酸化マグネシウム錠とアミティーザは食後に飲む。

8時　新聞を読んだり、うとうとしたりしているとレボドパが効き始める。歩行器にカメラを載せて季節の風物を撮って回る。

退職してからハマっているのは身近な鳥の撮影だ。

自宅マンションの周辺には貸農園が広がり、用水路や神社の森、梅林もある。

春にはメジロが蜜を求めて飛び交い、モズは電線など高いところで、ツグミは地上でそれぞれの縄張りに目を光らせる。ジョウビタキは冬の朝、たいてい同じ塀の上で顔を見せてくれる。用水路にはサギ類が集い、冬にはカモ類が渡って来る。ここに住むカワセミは、多くのカメラマンの追っかけを引き連れた「街の小さなスター」だ。

モズやツグミ、カワセミなどふだんは1羽で暮らす鳥たちも、梅の花が満開になる頃には繁殖期を迎え、カップルでの姿が観察できる。

鳥たちを撮り、初めての種やかわいいポーズの写真をコンビニで焼き、アルバムにまとめる。それが僕の新たな趣味になった。

桜の咲く頃、神社の森でコッコッコッコッという音が降って来た。一瞬やんだ後、またコッコッコッ。見上げると小さなモコモコした灰色のキツツキが木をつついているではないか。保育園の園児らの遊び場に接する小さな森に、キツツキが住んでいるなんて……。初めて出会った野生のキツツキに興奮しつつ、僕はシャッターを何枚も切った。

自宅に戻って愛用の日本野鳥の会『新・山野の鳥　改訂版　野鳥観察ハンディ図鑑』で調べた。どうやら「コゲラ」のようである。

退職後しばらくの間、僕は自転車で15分ほどの市立図書館によく通っていた。けれど信号待ちの際に突然ふらつき、転倒しそうになったのを機に、自転車に乗ること自体を断念した。代わりに、まず杖、次に歩行器を使うようになった。

歩行器は軽い方がよいと思う方も多そうだ。けれど歩行器をバスに載せたり、降ろしたりするのは僕1人ではできない。だとすれば、持ち運びより歩行時の安定性を重視して、ある程度の重量がある方がいいと思う（あくまで僕の見方です）。

バスを使ってまで図書館に行くのは面倒だと、図書館を訪ねる回数は減ってしまった。

僕自身は運転免許を以前から持っていないが、パーキンソン病の治療薬には突発性睡眠や眠気の副反応を起こすものが多い。車の運転は自粛した方がよい場合がある。

正直に言うと、歩行器を使い始めるに当たっては抵抗感もあった。齢《よわい》60にして歩行器頼みとは、少々早すぎないか、と。

けれど、レンタルを受けて使い始めると手放せなくなった。

片手の杖で身体を支えるより、はるかに姿勢が安定する。転倒の恐れは少なくなるし、歩き疲れたら、椅子として使えるのも便利だ。

カタログにはいろんな歩行器がずらり並んでいる。迷った挙句、福祉用具会社の相談員の薦めに従い、銀色の最新型を借りることにした。人気商品なのだろう、最寄りの赤十字病院に行くと同じ機種を使っている人によく出会う。

我慢して歩行器を使わずに、転倒の危険を感じたり、歩くのを控えたりするより、歩行器を使って長く歩く方がいい。今ではそう考えている。

近所の散歩に飽きたら、ＪＲ線に乗って最寄りのブックオフに出かけ、文庫本などを仕入れてくる。電車ならエレベーターを使って１人で乗れる。パニックの後遺症なのか、いまだに睡眠不足の時や薬効がＯＦＦの時には電車やバスに乗るのがつらい時がある。

9時　ストレッチ。

週1回、医療保険による理学療法士の訪問リハビリを受けている。まず体温と血圧、血中酸素濃度を測り、痛みや違和感のある部分（腰や背中、尻など）にマッサージを施してもらい、ストレッチや筋トレの指導を受ける。教わったエクササイズを次の訪問リハビリまでの1週間、「自主トレ」と称してくり返す。

訪問リハビリとは別に、発話障害や嚥下《えんげ》障害の予防のために「あ〜、い〜、う〜」「パ、タ、カ、ラ」の発声練習をする。時間に余裕のある日は『あの頃、あの詩を』（鹿島茂編）や『50歳からの音読入門』（齋藤孝著）、『一日一文』（木田元編）といった詩集や短文集を数ページ声に出して読む。

10時　少量のレボドパを服用。昼食時にOFFにならないように。

ルーティーンの合間にパソコンに向かい、原稿を書いたり、通信教育会社の社会人向け小論文添削指導のアルバイトをしたり。

正午　昼食後、4回目のレボドパと2回目のエフピー服用の後、30分ほど昼寝。

主治医の診察は月1回。2019年4月からの1年半は状態が安定していたため、近所の「かかりつけ医」に処方箋を書いてもらっていた。しかし2020年9月に症状が再び悪化した後は、最寄りの赤十字病院に戻り、新たな主治医の診察を受けている。

午後3時　YouTubeにあわせ、俊美とともにダンス。わずか6分間のエクササイズで息が上がる。

4時　夕食までOFFにならないよう、レボドパを少量服用。

（2）人と制度に支えられ

退社直後の2021年6月、僕は介護保険の要介護（要支援）認定のための調査を受けた。翌7月、「要介護2」の結果が出た。

担当の介護支援専門員（ケアマネジャー）が月に1回、我が家を訪れ、ケアプランを作ってくれたり、医療や介護の知識が乏しい私たち夫婦にアドバイスをしてくれたりするようになった。

いまのところ、介護保険の居宅サービスや施設サービスは利用していないが、生活環境を整えるサービスとして、福祉用具の貸与や支給、住宅改修費の一部支給を受けている。先にも述べたが、最優先は転倒防止だ。

転倒は骨折につながりかねず、悪くすれば寝たきりになる恐れがある。

僕自身、幸いにして骨折には至っていないが、屋内屋外を問わず、これまで何度も転倒してきた。何の出っ張りもない道路でなぜかつまずいたり、後方に突然、たたらを踏むように倒れたり、回転椅子に座っていてバランスを崩し放り出されるように滑り落ちたり……。

ケアマネや地域担当の福祉用具会社の相談員からアドバイスをもらい、玄関と洗面所、トイレの出入り口に手すりや突っ張り棒式のポールを取り付けた。

トイレには立ち上がりやすく、踏ん張りやすいように、前面部分が90度上下できる手すりをレンタル。風呂には四方の壁に手すりを張り巡らせ、背もたれとひじ掛け付きのシャワー用椅子を購入した。

2022年11月に尿失禁をした後は、ベッドからトイレへの動線に手すりを設けた。

ベッドも手すりが付き、頭や足が上下する介護用電動ベッドのレンタルを受けた。

なんだか家中が手すりとポールだらけになってきた感があるが、「それで転倒・骨折が防げるならいいじゃないですか」というのが理学療法士の感想である。

感謝したいのは、こんなに多くの人々や、医療・介護の制度に僕の暮らしが支えられていることだ。複雑すぎる、使い勝手が悪いと批判されることが多い介護保険制度だが、難病患者にとってはなくてはならぬ「援軍」である。

パーキンソン病など厚生労働省が指定する難病の診察や薬にかかる費用は、難病医療費助成制度によって、毎月の自己負担額に上限が定められているのが有難い。

こうした制度の現状に不満はないが、不安は大きい。

高齢化の進行を追いかけるように、パーキンソン病など難病患者はこれからも増えていくだろう。医療・介護だけではない。年金もあわせ、社会保障に必要なお金は年々膨らむのに、支え手となる若い世代は縮む一方だからだ。

多くのカップルが「将来を考えれば考えるほど子どもを産み育てる気持ちになれない」という。そんな国に、社会に、豊かな未来があるとは思えない（第13章でも触れました）。

6時　夕食。

7時　この日最後、6回目のレボドパ服用。

8時　入浴後、ニュープロパッチを貼り換える。

俊美が理学療法士から教わったマッサージを、僕の腰と背中に施してくれる。

翌日の薬を「百均」で買ったケースに小分けし、少量のレボドパと飲料水をベッドわきのテーブルに用意しておく。

発症以来、長く不眠に悩んできたが、突然、寝つきがよくなった。

午前2時、3時になっても目が冴えて困っていたのに、本を持ってベッドに入るとすぐに、イビキをかいて寝てしまうようになった。おかげで読書が進まなくなったが、不眠で悩むよりよほどいい。

原因は何だろう。けいれんを抑えるリボトリールと神経の痛みを抑えるプレガバリンの服用を、就寝前から夕食後に変えた時期と重なる。

それまで2種類処方されていた睡眠薬が不要になったのはありがたい。けれど、寝るのが早すぎると、3時や4時に目覚めてしまう。それはそれで朝一番のレボドパ服用時までしんどい思いをしなければならない。

また、夜中に複数回トイレに起きる。発症前から毎晩のことではあるが、よく眠るほど翌日の体調は良くなる。

今夜もしっかり睡眠がとれるといいな。おやすみなさい。

第15章「希望」
パーキンソン病治療という巨大な岩盤に穴を

パーキンソン病患者の多くは、次のような経過をたどるとされる。

① 発症後、約3~5年は「ハネムーン期」と呼ばれ、治療薬がよく効き、病気を忘れることもあるほどだ。
② しかし時間の経過とともに病気は徐々に進行し、薬の効く時間は短くなっていく。
③ 薬の量を増やしたり、いろんなタイプの薬を組み合わせたりして、少しでも良い状態を保とうとする。
④ そうこうするうちに、急に身体の動きが悪くなったり、震えが起きたりする「ウェアリング・オフ」や、意思と無関係に身体が動いてしまう「ジスキネジア」といった運動合併症が現れる――。

僕はいま、③の状態にあると思われる。

2016年8月にパーキンソン病の診断を受けて以降、治療薬がだんだん効かなくなってきたと感じたり、薬効が切れる時間帯を感じたりするようになった。

そのたびに主治医に相談。レボドパを増やしたり、レボドパが酵素によって分解されるのを防ぐオピカポン（商品名オンジェンティス）、脳内のドパミンを長持ちさせるゾニサミド（商品名トレリーフ）を追加したりすることで、なんとか自立した日常生活を送れている。

だが、薬だけで病気のコントロールが難しくなった患者には、主にふたつの外科療法を考慮に入れることになる。

ひとつは「脳深部刺激療法」（DBS）だ。

頭蓋骨に穴を開け、脳の深いところに細い電極を埋め込む。これに、胸部に埋めたパルス発生装置から電気刺激を送ることにより、神経回路の流れを調節するものだ。

もうひとつは「レボドパ／カルビドパ持続経腸療法」（LCIG）だ。

手術で腹部に胃瘻《いろう》と呼ばれる穴を開け、専用のポンプとチューブで一日最大16時間まで空腸に治療薬を入れ続け、血中濃度を安定させる。2016年に承認され、日本神経学会の

「診療ガイドライン2018」に初めて記載された。

ともにウェアリング・オフやジスキネジアに持続的な効果が期待でき、保険適用されている治療法だ。

課題もある。

DBSは治療薬の効果が切れたOFF時の運動症状の改善が期待できるが、ON時の状態以上の治療効果は望めない。自律神経症状や精神症状の改善もあまり期待できない。治療薬を減らすことはできる。だが治療の柱はあくまで薬物であり、手術後も薬と刺激を細かく調整していく必要がある。パルス発生装置の電池交換のため、数年おきに手術の必要もある。

LCIGは痛みやうつ、不安などにも改善効果があるが、毎日のチューブとポンプの管理に手間がかかる。本人や家族が機器を扱えることなど導入には条件がある。

また、DBS、LCIGに似ているが、手術を必要としないふたつの治療法が近年、相次いで認められた。

ひとつは「集束超音波治療」(FUS)である。2020年に保険適用された。

MRI（磁気共鳴断層撮影装置）の検査台に設置された1000個以上の超音波発生装置が並ぶヘルメットをかぶり、1点に集めた超音波の温熱効果を利用して、切開せずに効果が得られるという。

DBSのように頭蓋骨に穴を開けたり、電極やパルス発生装置を埋め込んだりする必要がないので、出血や感染の心配がない。ただし、2023年時点で公的医療保険が認められているのは、頭部の左右どちらか1回に限られている。

もうひとつは「ホスレボドパ／ホスカルビドパ配合持続皮下注療法」である。共同国際治験を経て、2022年12月に製剤がパーキンソン病治療薬として承認された。

皮下に留置したカニューレ（管）から、ポンプで治療薬を24時間持続的に注入する。ボタンを操作することで追加投与もできる。

胃瘻の手術は必要ないが、3日に一度、自己注射してカニューレを皮下に留置しなければならない。副反応として注入部位感染などの可能性がある。

患者にとって治療の選択肢が増えることは望ましいが、それぞれに一長一短がある。年齢や症状、持病などによって適合しない患者もいる。すべての患者が治療を受けられるわけではない。留意が必要なのは、これらの治療法はいずれもパーキンソン病の進行を止めることはできない、つまり根治療法ではないということだ。

少しでも治癒に近い状態がつくれる治療法が見いだせないか——。

そんな患者や家族の希望（もちろん、僕もその一人です）にこたえる報道が、２０１７年夏に出た。

朝日新聞では〈パーキンソン病　ｉＰＳで改善〉の見出しのもとに、本文はこう続く。

〈ヒトのｉＰＳ細胞から作った神経細胞をパーキンソン病のサルの脳に移植すると、症状が軽減することを京都大ｉＰＳ細胞研究所の高橋淳教授（脳神経外科）らの研究チームが確認した。画期的な治療につながる可能性がある〉

患者の脳に移植する治験（臨床試験）は２０１８年８月から始まり、２０２１年までに計７人の手術が終了し、経過を観察中だ。これまでのところ、安全性に関する懸念は出ていないという。

この手術は、ｉＰＳ細胞から分化誘導したドパミン前駆細胞計約５００万個を、頭蓋骨に開けた穴から注射針のような器具で脳の左右両側に注入するものだ。

研究チームからは期待の声があがる。

「成功すれば安定的にドパミンを増やすことができるため、ドパミンの減少で起こる運動症状を劇的に改善できる可能性がある。移植した細胞が定着し、良い効果が得られれば、あと3～4年でパーキンソン病の治療法として承認される可能性がある」（髙橋良輔・京都大学医学部附属病院脳神経内科診療科長）

この手術には「既存の薬物治療では症状のコントロールが十分に得られていない」「同意取得時の年齢が50歳以上70歳未満」「罹病期間が5年以上」などの選択基準と、「認知症または認知症のリスクが高いと判断される」などの除外基準がある。

手術の効果やその持続時間とともに、ｉＰＳ細胞が持つ素因が病気を再現しないか、腫瘍ができないかなど多角的な検証を求める声もある。


また、遺伝子治療の研究も進んでいる。

自治医科大学などのグループは、患者の前頭部に小さな穴を開け、脳内に残っている神経細胞に、ドパミン合成に必要な酵素の遺伝子を直接注入し、ドパミンが継続的に作られるようにする国内初の治験を2022年10月に始めた。

既に述べたように、レボドパをはじめ治療薬の進歩によって、パーキンソン病患者の寿命はそうでない人と大差ないほどに改善している。そのこと自体は大いに歓迎したい。ただ、寿命が延びれば薬を使う期間も長くなる。ウェアリング・オフやジスキネジアが起きる可能性もそれだけ強まる。

雨垂れ石を穿《うが》つ、と『漢書』はいう。世界の臨床・研究の力があわさって、パーキンソン病治療という巨大な岩盤に穴を開けてほしい。多くの患者やその家族たちが、そう願っている。

永六輔も生前、iPS細胞による治療に期待を寄せていたという。

長女の永千絵さんが著書で回想する。

「ノーベル賞を受賞した山中伸弥教授のiPS細胞がパーキンソン病の治療にも役立つかもしれない、という報道を聞いた日には、父がとても明るい表情をしていたことを思い出す」

僕も同じ思いである。

第16章「心のリハビリ」
パーキンソン病になど負けてはいられない

（1）児孫愛すがごとし

2022年5月、僕は日本三景のひとつ、松島にいた。

僕たち夫婦と子どもたち3夫婦、孫ひとりの総勢9人での家族旅行だ。本来なら2021年春の僕の還暦と退社を機に実行するはずだった。だが、折からのコロナ禍で2度予約をキャンセルし、3度目の正直でようやく実現した旅である。

お子様セットを早々に平らげたうえに、大人たちのおかずも「食べた〜い」とどんどん手を伸ばす。当時、恵村家「ただひとりのアイドル」だった孫娘の食欲に驚いたり、心配したり。にぎやかな夕食がほぼ終わった時だった。

赤い帽子とちゃんちゃんこが突然、運び込まれ、子どもたちが僕に着せた。

そして末っ子の次男が「子ども一同代表としてあいさつします」と立ち上がった。

3歳刻みで授かった3人の子のうち、最後に結婚した次男だけがいわゆる披露宴をしていない。沖縄のビーチでウェディングドレスとタキシード姿の2人の写真を撮る「フォト婚」を選んだ。俊美は沖縄へ行き見守ったが、僕は立ち会えなかったのは既述の通りだ。

次男としては、披露宴の代わりに、両親がそろったこの場を利用して感謝の気持ちを伝えたかったようだ。

お父さんへ

還暦おめでとう。そして長い間、会社勤めお疲れさまでした。

子どもの時は私たちが寝た後に帰ってきて、朝起きた時にはもういない。家族のために休みなく働いていたね。

でもたまの休みの日には家族優先で買い物に行ったり、遊びに連れて行ってもらったり、冗談や皮肉で家族を笑わせてくれました。私は今でも皮肉がわかりませんが（笑）。

お母さんがいない時の焼き飯やバーミヤン（筆者注・駅前にある中華料理チェーン店のことです）は本当においしかったです。

また私が道に迷った時や、決断の時には的確なアドバイスや判断をしてくれて、頼りにしています。

いつも家族を支えてくれて本当にありがとう。これからはお酒や趣味に自分の時間を大切に、お母さんと一緒に充実した日々を過ごしてください。

「焼き飯」とは、俊美が風邪を引いて寝込んだ時、僕が子どもたちに初めて作ったチャーハンのことだ。

ビギナーズラックはなかった。

「まずい」と子どもたちは手を付けてくれなかった。僕は慌ててスーパーに総菜を買いに走ったのだった。いまでも我が家では「焼き飯事件」として語り継がれている。

「おいしかった」というのは、「皮肉がわからない」と兄や姉によくからかわれる次男の精いっぱいの「皮肉」なのだろう。

焼き飯がまずかった原因はひとえに、ニンジンやタマネギの切り方が雑すぎ、しかも火の通りが足りないという僕の乱暴な作り方にあった。以来、僕は厨房から遠ざかってしまった。

僕たち夫婦も、子どもたちが幼かった頃、双方の両親に旅行に連れて行ってもらった。ひとつひとつが家族の記憶にいまも残る。

俊美は3姉妹の末っ子。上の姉と自分は3人ずつ、下の姉は2人の子に恵まれた。関西で長年パン屋を営んでいた両親は口癖のように「みんな一緒にどこかへ泊まりに行きたい」と語っていた。

夢は1997年の夏休みに実現した。店を休んで娘夫婦と孫8人を連れ、総勢16人で西伊豆・土肥《とい》温泉を訪れたのだ。海水浴や砂遊びで、いとこ同士の仲は急速に深まった。

僕の退社に当たり、俊美の希望はひとつ。

「あの時のように、みんなで旅がしたい」

では、今回はどこへ？

松島を提案してくれたのは長男の妻だった。

松島なら東北新幹線に乗り、仙台で在来線に乗り換えれば着く。主なホテルや観光スポットも徒歩圏内にある。

長く歩いたり、座っていたりするのがつらい僕にも、幼い孫娘にもぴったりではないか。

僕も俊美も松島を訪ねるのは初めてだった。

僕は書棚から『おくのほそ道』を引っ張り出した。松尾芭蕉はこの旅で訪ねた松島を、〈扶桑第一の好風にして、凡そ洞庭《どうてい》・西湖を恥ぢず〉（日本第一のすぐれた風景であって、まず中国の洞庭湖や西湖のながめに比べても恥ずかしくないほどである＝久富哲雄訳）と褒め称えた。

芭蕉の作と思い込んでいる人も多いという〈松嶋や鶴に身をかれほととぎす〉の句は、弟子の曾良《そら》の作。芭蕉自身は、絶景に感動のあまり句が作れず、あきらめて眠ろうとしたが、寝付かれなかったと『おくのほそ道』に書き残している。

松島海岸は2011年の東日本大震災で1メートルを大きく上回る津波に襲われた。海沿いを歩くと、ところどころに津波到達を示す石碑や看板が設けられている。

芭蕉が〈金壁荘厳光を輝かし、仏土成就の大伽藍《だいがらん》〉と書き残した瑞巌寺でも、津波による塩害なのか、参道の杉並木が枯れ、根元から伐採されていた。

家族と松島旅行

多くの国宝や重要文化財を蔵する境内に延びる、痛々しい切り株の列。それは、震災と津波による被害の記憶を語り継ごうとしているかのようだった。

この旅で、僕は写真係を務めた。

子どもたちや孫にカメラを向けるうちに、僕の心は新聞記者になった1984年の鳥取支局にタイムスリップしていた。

赴任初日、僕は早速、鳥取市内を流れる袋川の堤防で満開のシバザクラの写真を撮ってきて、とデスクに指示された。小さなピンクの花をモノクロで撮るのは難しい。しかも花を楽しむ人々も映っている写真を、というハードルの高い注文である。

デジタルカメラはまだなかった。撮影したフィルムを暗室のタンクで現像し、定着液に浸す。水洗いした後、ドライヤーで乾かし、印画紙に焼き付ける。

暗室での作業は、先輩記者が指導してくれたが、なにせすべてが初体験。究極のＯＪＴ（オン・ザ・ジョブ・トレーニング）である。「もう１回」「もう１回」とデスクにダメ出しをされ、堤防に３度戻って撮り直した時には日が暮れていた。

パソコンはもちろん、ワープロもない時代。原稿はすべて手書き。原稿用紙にペンで書こうとしたら、デスクに「君はこっちだ」と一回り小さなわら半紙と鉛筆を渡された。マス目のないわら半紙に１行ずつ書いた原稿は、デスクの赤ペンで原形が残らないほど手直しされ、翌朝の県版に写真とともに小さく掲載された。

アパートに配達された新聞で記事を読んだ時のうれしさは忘れられない。花が識別できない、情けない写真だったけれど……。

自分の書いた記事が活字になって残る。多くの人に読んでもらえる。その喜びが37年間の記者生活を支えてくれた。僕は改めてそう感じた。

『おくのほそ道』で芭蕉は、島々が連なる松島の景観をこう描いている。
〈児孫愛すがごとし〉（子や孫が互いに仲良くしているように見える）
なるほど松島は家族旅行にふさわしい。

（2）夫婦のかたち

僕は俊美のことを思った。

無条件で家族を愛す。自分のことは横に置き、まず家族のために心を砕く。

そんな俊美を、僕も、3人の子どもたちも信頼してやまない。

それに引き換え、僕は37年間の長きにわたり、家族や家庭より仕事と会社を優先させてきた。

急に仕事が入ったからと旅行を当日にキャンセルし、楽しみにしていた長女を大泣きさせた。旅行の最中に市民が暴力団組員に人違いで射殺される事件が起きてキャップに呼ばれ、ホテルに家族を残してひとり会社に戻った。

いったん自宅を出れば、いつ帰宅するかわからない。そして休日には気分転換が必要だと、スポーツクラブに出かけてしまう。

新聞記者の多忙さを口実に、家事も育児も家計のやりくりもほぼすべて俊美に任せ切りにしてきた。お見事！　とヤジでも飛びそうな「濡れ落ち葉」である。

僕が現役の間は、仕事優先、会社優先も仕方がない。けれど仕事を辞めれば、旅行や食べ歩き、美術館めぐりや舞台鑑賞、いや何でもいい、僕が記者だった頃にはなかなかできなかった「何か」が、2人でできるようになるはずだ――。

そんな俊美のささやかな夢も、僕の病気でかなわなくなった。

俊美は天使ではない。

ひとりの人間である。

怒りたい時も、泣きたい時も、叫びたい時も、すべてを投げ出したくなる時もあるだろう。

僕が仕事を名目に、事実上家庭に不在だった37年間、俊美はそうした思いをひとり引き受け、かみ締め、やり過ごしながら3人の子を育て、家庭を守って来たに違いない。

少しでも俊美に寄り添いたい、と僕は思う。けれどいまの僕にできることは限られる。

結局は、2人で時間をかけて、お互いに適切な距離感を探り、新たな夫婦のかたちを見出していくしかないのだろう。

夫婦のかたちといえば、子どもたちの世代は僕たちと様変わりしている。

3人ともファイナンシャルプランナーの資格を取り、家事は夫婦で分担する。息子2人もごく自然に厨房に立つ。僕が何らかの影響を与えたとすれば、反面教師としてだ。

それにしても、と僕は思う。孫娘が大人になったら、どんな家庭を持つのだろう。

「心のリハビリ」という言葉を知ったのは病を得てからのことだ。

たとえば『順天堂大学が教えるパーキンソン病の自宅療法』という本は、こう記す。

▽病気を恥ずかしがったり、臆病になったりせず、どんどん外へ出て、日常生活もしっかり楽しもう。体のリハビリと同時に「前向きに」「明るく」という、心のリハビリもとても重要だ。

▽運動を楽しく行うことは、心のリハビリにもつながる。体の動きがよくなれば、「積極

的に生活を楽しもう」という前向きな気持ちになれ、心を元気にすることにつながる。
▽趣味は続けよう。「これまで無趣味」だったなら、新たに趣味を持とう。

この本にも書いてあるし、主治医にもたびたび言われることだが、パーキンソン病患者は「まじめで、こだわりのある人」が多いのだそうだ。

薬はきちんと飲む。診察時間には遅れない。

僕もその一人だ。それ自体はよいことなのだが、病気のことがいつも心から離れず、おもしろいことをおもしろいと感じられなくなりがちだという。

趣味といえば読書くらいしかなかった僕だが、退社後は身近な野鳥を撮る楽しみが増えた。鳥を探しての散歩や、たまの旅行は体のリハビリであり、心のリハビリでもある。

退社後、通信教育会社の企業向け小論文添削指導のアルバイトを始めた。記者生活で学んだ「文章を書くノウハウ」を社会に還元する。これも「心のリハビリ」だろう。

自分自身が「書く」ことも何らかの形で続けていきたい。

「退社」は「退社会」を意味しない。「退会社」に過ぎない。

会社に属さないひとりの個人として、いかに社会と向き合うか。新たな「旅」の始まりである。「旅」の途中に、画期的なパーキンソン病の治療薬や治療法が見つかるかもしれない。いや、見つかってほしい。そう強く願う。

しかし「旅」の前途には、暗雲が漂っている。

「戦争の世紀」と言われる前世紀に起きた数々の惨禍から、人類は何を学んだのだろうか。新たなミレニアムも、世界はロシアの非道なウクライナ侵略によって激しくきしんでいる。日本国民を守るため、何よりも大切なことは何か。台湾海峡をはじめ東アジアの緊張を緩和し、軍事衝突を絶対に起こさない環境をつくることだ。

戦後日本が自制してきた敵基地攻撃能力を持ったり、大幅な防衛費の増額に踏み込んだりすることが、それに資するとは思えない。むしろ日本が地域の軍事的緊張をあおる起点になりはしないか。そんな懸念が募る。

あきれたのは、ロシアのプーチン大統領が2023年2月21日の年次教書演説で、戦争を始めたのは西側だとして「我々は終わらせるために武力行使した」と主張したことだ。牽強付会《けんきょうふかい》な理屈だが、省みれば日本も1941年12月8日、先の大戦での米英に対する宣戦の布告で、「東亜永遠ノ平和ヲ確立シ以テ帝国ノ光栄ヲ保全セムコトヲ期ス」としていた。

古今東西、戦争とは「平和のための戦争」という転倒したロジックで始まるものなのだ。

「戦《いくさ》なき世紀に」の願い露と消え人類の無智かみ締める日々

これからの日本は、これまで以上に巨大な波に洗われるだろう。

人口減少の急速な進行、国と地方の未曽有の財政悪化、地球温暖化と気候危機、可能性が指摘される南海トラフ・首都直下型など巨大地震、新型コロナに続く新たなパンデミック、ポピュリズムの広がりなど民主主義の変調、さまざまな格差や分断の固定・拡大……。懸念すべきことは枚挙にいとまがない。

（3）メディアの危機

政治だけではない。長く僕が働いてきたメディアに対しても、国民の視線はかつてなく厳しくなっている。

高度情報化社会のもと、新聞・雑誌・テレビなど既存メディアは、発行部数や視聴者数の減少にあえぎ、その影響力を著しく低下させている。

たとえば岸田政権の安保3文書（国家安全保障戦略、国家防衛戦略、防衛力整備計画）の決定過程を見よう。戦後日本の安全保障政策の大転換だというのに、短期間の政府の有識者会議の議論を踏まえて閣議決定されるまで、国権の最高機関である国会での議論はほとんどなかった。主権者である国民にも説明はなかった。

そしてメディアは、説明を避けたがる政府の壁を突き崩せなかった。メディアの政権監視機能の衰弱がここに象徴的に表れている。これでは国民の信頼を失うのも当然ではないか。

手軽にアクセス可能なインターネットは確かに便利だ。ネットのない社会は、いまや1日たりとも想像すらできない。同時に、既存メディアには、いまのネットには望めない能力と経験の蓄積がある。

日常的な組織取材の積み重ねによる情報の信頼性、とりわけ粘り強い調査報道による隠された真実の発掘、総合的な分析力・批評力、幅が広く、公共性豊かなオピニオン機能……。組織的な取材網と、取材のノウハウ・スキルの蓄積がある既存メディアならではの役割は、引き続き十全に発揮されねばならない。

僕は夢想する。既存メディアとインターネットが競い合い、時に力を合わせて、互いの強みを生かし、弱点を補い合ってジャーナリズムの責任を果たす。そんな時代が訪れないものか、と。

メディアは民主主義社会になくてはならない存在だ。メディアの危機は、ジャーナリズムの危機であり、民主主義の危機に直結する。

そのことは、ロシアをはじめ権威主義国で自由や人権が有名無実化している現状を見れば明らかだろう。

僕たち国民も問われている。

日本国憲法は国民主権を宣言する。大日本帝国憲法が天皇主権を根本原理としていたのと様変わりした。主権者とは「国の政治のあり方を最終的に決定する力を持つ者」を意味する。

主権者である国民ひとりひとりが政治を冷笑したり、傍観したり、あきらめたりしていれば政治は決して変わらない。

残念なのは各種選挙の投票率の低下傾向に歯止めがかからないことだ。2021年10月の衆院選の投票率は55・93%。2022年7月の参院選の投票率は52・05%。有権者の半数ほどしか選挙に行っていないということである。

2021年の総選挙で年代別投票率を見ると、最も高いのが60代の71・43%、最も低いのが20代の36・50%だった。これでは高齢者に有利な政策が優先され、若い世代の求める政策が後回しにされがちなのも無理はない。

国民ひとりひとりが政治を我が事と考え、目を光らせ、声をあげる。そうすることでしか政治は決して変えられない。

2022年5月、松島。

家族旅行の締めくくりに、全員で観光船に乗った後、船着き場で記念写真を撮った。

まず僕が「マスクを取って」と言って数枚。

次にカメラを構えた俊美が「はい、チーズ」と言った途端、孫娘が叫んだ。

「ジィジ、マスク取って！」

ファインダーをのぞきながら「マスクを取って」と呼びかけた僕だけが、マスクをつけたままだったのだ。2歳半（当時）の最高のひとことで、みんなの最高の笑顔が撮れた。

孫が成人する十数年後、この日本はどんな国になり、僕たちの社会はどんな姿になっているのだろう。

僕は思う。

それを我が目で見届けるまでは、パーキンソン病になど負けてはいられない、と。

終章「ゆっくり歩こう」
上を向き、前を見て人生の残り時間を楽しみながら

記者生活の集大成はこれから——。2年間の「報道ステーション」出演を終え、そう意気込んだ矢先に、不調がいきなり僕に襲いかかってきた。

記者を辞める決断はつらかった。

やむを得ないと思う自分と、しがみついてでも書き続けたかったと思う自分がいまでもいる。

診断から7年。薬が効きやすい「ハネムーン期」はとうに過ぎた。

体調は山あり谷ありだ。大きな「谷」を4度経験した。その都度、主治医に薬の量や種類を増やしてもらって乗り越えてきた。

谷と谷の間隔が短くなってきた。次の谷はいつ来るのか、効く薬はあるのか、常に不安だ。

日々の生活も山と谷が続く。服薬後、小一時間で薬が効き山を迎えるが、時の経過とともに谷に沈む。

主な服薬は食後だから、食事時が最もしんどい。作ってくれる妻の俊美には申し訳ないが、食事を楽しむというより、食事を苦しむ、と言いたくなるような時もある。

仕事の他にも多くのことをあきらめた。母危篤の知らせを受けても駆けつけられなかった。沖縄での次男夫婦のフォト婚にも。

ふらついて危険だからと自転車に乗るのをやめた。歩行器の載せ降ろしが難しいので、ひとりではバスに乗れなくなった。

体と心と。リハビリには2種類あることを、この病気になって初めて知った。

体のリハビリは週1回、理学療法士の「訪問リハビリ」を受けている。習ったエクササイズを毎日、「自主トレ」する。今日明日のためでもあるが、1年後2年後に動ける身体を維持するためでもある。

散歩や外出は、歩く力を保つ身体のリハビリであり、心のリハビリでもある。

ハマっているのは、身近な野鳥の写真を撮ること。我が家の周辺には魚影の濃い用水路が流れ、貸し農園が広がっていて、様々な野鳥がいる。

転倒怖さに下ばかり見て歩行器を押していた僕が、野鳥を探して上を、空を見て歩くよう

シジュウカラのひな（著者撮影）

になったのはうれしい変化だ。主治医に「上ばかり見ていて転ばないでね」とクギを刺されつつ。

毎日一定時間、パソコンに向かい、何かを書く。「心のリハビリ」のひとつだ。

本当に読みたい本が自由に読めることも、大きな喜びだ。

現役のころは読む必要がある本や、仕事に役立ちそうな本に目を通すだけで精いっぱいだった。

退職後は国内外へ旅をしたい。俊美とともにそう夢見ていたが、なかなか思い通りにはいかない。

退社に際して、僕は俊美と話し合った。

37年間、息せき切って走り抜けてきた記者生活に別れを告げるのだ。

「これからはゆっくり歩いて行こう」と。

「第2の人生」は急ぐ必要はまったくない。


でも僕は何かを始めると、ついつい時間を忘れて没頭する傾向がある。

主治医によると、抗パーキンソン病薬にはそうした癖を強める効果があるそうだ。だとすれば、意識的にギアを落とす必要があるのだが、うまくいかない。

再読したい、いつか読みたいと積んであった本のなかからまず、『長田弘全詩集』（みすず書房）を手に取った。


「立ちどまる」という詩がある。

立ちどまる。
足をとめると、
聴こえてくる声がある。
空の色のような声がある。

「木のことば、水のことば、
雲のことばが聴こえますか？
「石のことば、雨のことば
草のことばを話せますか？

立ちどまらなければ
ゆけない場所がある。
何もないところにしか
見つけられないものがある。

まずはしっかり立ちどまろう。

病を抱えれば不自由だ。つらいことも多い。

けれど考え方によっては、俊美とともに老年へと向かう「人生第2幕」が5年早く訪れたとみることもできる。

上を向き、前を見ていこう。

人生の残り時間を楽しみながら、ゆっくりと。
「ゆくべき場所」「聴くべきことば」を見つけるために。

【関連年表】

1961・4	大阪府に生まれる
1984・4	朝日新聞社入社、鳥取支局
1987・8	大阪本社社会部
1993・4	東京本社政治部
2005・4	論説委員
2013・4	「報道ステーション」出演
2015・3	「報道ステーション」降板
7	論説副主幹
2016・1	ロンドン旅行
8	最寄りの赤十字病院でパーキンソン病と診断、ドパミンアゴニストによる治療開始
2017・8	指定難病医療費受給
2018・4	論説委員に戻り、「素粒子」筆者に
4	1回目の大きなパニック始まる
6	レボドパ「マドパー」処方

8　京大チーム、iPS細胞移植の治験開始
8　会社近くのワンルームに「ミニ単身赴任」
10　フィットネスルームに通い始める
2019・4　かかりつけ医へ移る
11　長女夫婦に娘が誕生。初孫
2020・1　父が心筋梗塞で倒れる
3　コロナ禍でテレワーク開始、フィットネスルーム閉鎖
4　俊美倒れる
7　会社近くの「ミニ単身赴任」先を解約
9　最寄りの赤十字病院へ戻る
12　最後の社説執筆
2021・4　2回目の大きなパニック始まる
4　還暦
5　最後の「素粒子」執筆、朝日新聞社退職
6　オンジェンティス処方
6　関西の両親、老人ホームに入居

6 要介護・要支援認定調査
7 「要介護2」認定
11 訪問リハビリ開始
11 関西の老人ホームに両親を見舞う
2022・5 松島へ子どもたち3家族と旅行
10 自治医大グループ、遺伝子治療の治験開始
11 尿失禁
12 トレリーフ処方
12 母死去、関西での葬儀に参列

あとがき

この本の原形は、朝日新聞の「第1回Ｒｅライフ文学賞」（文芸社主催、朝日新聞Ｒｅライフプロジェクト共催）で、２０２２年の最終選考で落選した「ゆっくり歩こう　あるパーキンソン病新聞記者」です。

僕はその原稿を、２０２１年春の退社直後のパニックの渦中に書きました。

退社の手続きのため宿泊していたホテルに近い数寄屋橋の大型電器店まで、コロナ禍でテレワーク中の長男を呼び、お手頃のパソコンを見繕ってもらいました。在職中は朝日新聞社の貸与パソコンを使っていたので、自前のパソコンを買うのは初めてでした。

そして、そのパソコンで書いた最初の原稿が先の落選作でした。

当時、僕は2度目の大きな体調悪化に見舞われていました。何かにすがりたい、何かをしていなければ心がもたない――。

そんな追い込まれた、切羽詰まった思いのなかで、意識的だったか、無意識的だったか、僕がすがった「杖」は、「文章を書くこと」でした。

とにもかくにもひととおり書きあげた後、さてこの原稿をどうしようか、そう考えた時に、朝日新聞に掲載されていた「Ｒｅライフ文学賞」への投稿募集が目に入りました。

朝日新聞社を辞めたばかりの人間が、朝日新聞社に関連する文学賞に応募する。その是非を十分に考える余裕は、当時の僕にはありませんでした。

なにはともあれ、苦しみのなかで書きあげた原稿を投稿先に送る。そして誰かに読んでいただくことで、一連の作業にケリをつけたい――。

そんなやむにやまれぬ思いでいっぱいでした。

思いがけないことに、かつての同僚であり、賞の運営・審査にかかわる朝日新聞Ｒｅライフネット編集長の菊池功さん（当時）のお勧めをいただき、２０２２年11月から23年5月まで2週間に1度の計12回、同ネットに「僕はパーキンソン病　恵村順一郎」を連載する機会を得ました。

連載の編集は菊池さんの朝日新聞社退職に伴い、大阪社会部の仲間だった鈴木まゆみさんが2023年3月から買って出てくださっています。

またまた思いがけないことに、今度は「僕はパーキンソン病」が小学館の「週刊ポスト」の湖山昭永副編集長の目に留まり、出版を勧めていただきました。この本は湖山さんの助言を得て、連載に大幅に加筆・修正したものです。

Reライフネットの連載は、パーキンソン病が主たるテーマでしたが、加筆するうちにメディアと政治、とりわけ朝日新聞と政治に関わる部分が膨らんできました。どっちつかずの内容になったかもしれませんが、いまの僕にはどちらも大切なテーマです。ご理解いただけると幸いです。

朝日新聞を辞めてから、古巣を批判する本を出版するOBが多いことは承知しています。けれど、この本は全く逆です。37年間、僕を育ててくれた朝日新聞への感謝と愛情と激励を込めたつもりです。

Reライフネットでは6月から引き続き鈴木さんの担当により、「病中閑あり」と題して不定期ながら月1回程度、エッセイ編を書かせていただいています。

新聞記者時代は政治社説を中心に「お堅い記事」ばかり書いてきた僕がエッセイを書くのは楽しい挑戦です。よろしければ、文末のURLからのぞいてみてください。

この本の出版にかかわってくださった多くの方々に感謝するとともに、僕の毎日の闘病生活を支えながら、「素粒子」以来、常に僕の文章の第一読者であり続けてくれている妻の俊美にこの本をささげます。ありがとう。

◇朝日新聞Reライフネット：「人生ここからを」を考える大人のためのヒントが見つかる情報サイト（www.asahi.com/relife/）
◇「僕はパーキンソン病　恵村順一郎」の記事一覧／朝日新聞Reライフネット（www.asahi.com/relife/series/11034493）

参考文献

【全体】

◇厚生労働科学研究費補助金による難治性疾患等政策研究事業　神経変性疾患領域における基盤的調査研究班「パーキンソン病の療養の手引き」２０１６年
◇厚生労働省科学研究費補助金　難治性疾患政策研究事業　神経変性疾患領域の基盤的調査研究班「パーキンソン病の療養の手引き　２０１６追補版」２０２３年
◇日本神経学会監修『パーキンソン病診療ガイドライン２０１８』医学書院、２０１８年
◇日本神経学会監修『パーキンソン病治療ガイドライン２０１１』医学書院、２０１１年
◇服部信孝・順天堂大学医学部附属順天堂医院脳神経内科教授監修『ウルトラ図解　パーキンソン病』法研、２０２０年
◇服部信孝、順天堂大学医学部脳神経内科『順天堂大学が教えるパーキンソン病の自宅療法』主婦の友インフォス情報社、２０１４年
◇村田美穂・元国立精神・神経医療研究センター病院特命副院長監修『スーパー図解　パーキンソン病』法研、２０１４年
◇髙橋良輔・京都大学医学部附属病院脳神経内科診療科長『パーキンソン病を知りたいあなたへ』ＮＨＫ出版、２０１６年

◇髙橋良輔「パーキンソン病の最新治療」／「明日の友」2022初夏／婦人之友社
◇「Frontiers in Parkinson Disease Vol.11 No.1」メディカルレビュー社、2018年
◇原寿雄『ジャーナリズムの思想』岩波新書、1997年
◇原寿雄『ジャーナリズムの可能性』岩波新書、2009年
◇原寿雄『安倍政権とジャーナリズムの覚悟』岩波ブックレット、2015年
◇朝日新聞百年史編修委員会編『朝日新聞社史　昭和戦後編』朝日新聞社、1994年
◇若宮啓文『闘う社説』講談社、2008年
◇朝日新聞
◇読売新聞

【第3章】
◇オリヴァー・サックス、春日井晶子訳『レナードの朝』ハヤカワ文庫、2000年

【第6章】
◇マイケル・J・フォックス、入江真佐子訳『ラッキーマン』ソフトバンクパブリッシング、2003年
◇永千絵『父「永六輔」を看取る』宝島社、2017年

◇「VOGUE JAPAN」2021年7月

【第10章】

◇小沢一郎『日本改造計画』講談社、1993年
◇『渡邉恒雄回顧録』中央公論新社、2000年
◇日本新聞協会HP
◇朝日新聞記者行動基準　朝日新聞社

【第11章】

◇上丸洋一『「諸君!」「正論」の研究』岩波書店、2011年
◇青木理『抵抗の拠点から　朝日新聞「慰安婦報道」の核心』講談社、2014年
◇植村隆『真実　私は「捏造記者」ではない』岩波書店、2016年
◇朝日新聞取材班『新聞と戦争』朝日新聞出版、2008年
◇奥武則『論壇の戦後史』平凡社新書、2007年

【第12章】

◇逢坂巌『日本政治とメディア』中公新書、2014年
◇臺宏士『検証アベノメディア』緑風出版、2017年
◇川端和治『放送の自由』岩波新書、2019年

◇筑紫哲也『旅の途中』朝日新聞社、2005年
◇吉野弘『贈るうた』花神社、1992年

【第13章】
◇李御寧『「縮み」志向の日本人』講談社学術文庫、2007年
◇日本財団HP
◇国立社会保障・人口問題研究所HP　日本の将来推計人口（令和5年推計）─国立社会保障・人口問題研究所

【第15章】
◇京都大学iPS細胞研究所HP
◇株式会社遺伝子治療研究所HP　パーキンソン病─株式会社　遺伝子治療研究所

【第16章】
◇宮内庁編修『昭和天皇実録　第八』東京書籍、2016年
◇宮澤俊義著、芦部信喜補訂『全訂日本国憲法』日本評論社、1978年
◇総務省HP　国政選挙の年代別投票率の推移について

【終章】
◇長田弘『長田弘全詩集』みすず書房、2015年

装丁　前橋隆道

恵村順一郎（えむら・じゅんいちろう）
1961年、大阪府生まれ。1984年、朝日新聞社入社。政治部次長、論説委員、テレビ朝日「報道ステーション」コメンテーターなどを経て、2015年に論説副主幹。2018年から2021年まで夕刊1面コラム「素粒子」を担当。2016年8月、パーキンソン病と診断される。2021年5月、朝日新聞社を退社。

編集　湖山昭永

左がきかない「左翼記者」
朝日新聞元論説副主幹のパーキンソン闘病記

二〇二三年十二月五日　初版第一刷発行

著者　恵村順一郎
発行者　三井直也
発行所　株式会社小学館
〒一〇一－八〇〇一　東京都千代田区一ツ橋二－三－一
編集　〇三－三二三〇－五七二〇　販売　〇三－五二八一－三五五五
DTP　株式会社昭和ブライト
印刷所　萩原印刷株式会社
製本所　株式会社若林製本工場

造本には十分注意しておりますが、印刷、製本など製造上の不備がございましたら「制作局コールセンター」（フリーダイヤル〇一二〇－三三六－三四〇）にご連絡ください。
（電話受付は、土・日・祝休日を除く九時三十分～十七時三十分）

ISBN 978-4-09-389142-4